KB231469

웃고 춤추고 여름하라
신동옥 시집

문학동네시인선 029 신동옥

웃고 춤추고 여름하라

시인의 말

안녕?
용기를 가져.

2012년 10월
沃

차례

제1부

말하지 마라, 가슴으로 느낄 뿐
—김두수

왈츠

증오, 내게로

어느 죽은 자의 머리카락이 너를 친친
어느 죽은 자의 머리카락이 너를 하늘 너머로 실어갔다

머뭇머뭇 다가서며 스멀스멀 서로를 말미암는 악다구니며
선뜻 다가서지 못하고 멈칫멈칫 조금씩 스며드는 변명이

단 한 발짝의 무용도 안무하지 않았다*

증오, 내게로

몸부림마다 묻어둔 내밀한 문법이여
여태 우릴 이력한 눈먼 믿음의 무릎이여

곡은 무용곡―모든 음악은 무용곡이다**

* 제롬 벨(Jerome Bel).
** 김수영, 「반달」에서.

동복(同腹)

우린 한데 뭉쳤다
이불을 머리끝까지 뒤집어쓰고 빛의 내장을 곤람했다
마치 차고 향긋한 알코올 병에 담긴 말벌처럼
세포 속에서부터 자라온 악몽은 더는 어쩔 도리가 없는
것처럼
—눈뜰 수 없어
—시간 됐어
—응?
—우린 오늘 떠나

누이, 잠옷을 마저 벗고 이마를 쓰다듬도록 질끈 눈감았지
손샅을 오므렸다 폈다 머리카락을 쓸고 볼을 매만지는 사이
포근한 그림자 이불 그늘의 빙점
부끄러운 몸짓으로 서로가 서로를 생식하는
부르튼 종아리에 돋아나는 실핏줄을 마저 닦는

우린 간신히 도사려 앉았다
고개는 서로의 어깻죽지에 파묻은 그대로
더운 국화차 한 모금
엷은 달빛 속엔 나귀와 수레
기다리는 것을
—우린 오늘 떠나
—굉장한 배를 준비했구나?

— 책갈피에 숨겨두고 깜박한 돛대마저도

누이, 머리카락에선 잘 마른 건초향이 풍겼다
창문턱에 심은 덩굴식물은 사방의 운명을 지시하고
화분은 꽃대를 들썩여 향기로 가슴을 가득 메운다
꽃잎이 날아가는 하늘 켠에서
우리 서로를 마주하고……

책장 귀엔 감꽃 목걸이
베갯머리에 스민 페로몬
옷장 속엔 향긋한 스카프
식탁 위에서 꽃잎처럼 하늘거리던 손하며……
(이젠 이 손으로 채찍을 말아쥐어야 하다니!)
모두가 그립겠지만, 떠난다면
떠나야 한다면, 우린 또 그 끝을 한숨짓겠지

마당을 나서면 먹먹한 구름
묵직한 낯섦으로 덧칠한 기로
거대한 철교를 건너 달릴 때에는

고삐와 채찍
찢겨 나풀대는 우단과 레이스
파아란 잉크-빛 등자에 스미는

별, 마치
고요한 제의(祭儀)와도 같은 흩날림 속에

우린 여행이 끝나도록 함께 울었다
—응
—응
그러고는 놀랍다는 듯, 믿을 수 없다는 듯 엷은 웃음기를
나누었다

밤새 꽃병에 고여 무거운 증류수처럼, 서서히 쇠잔해가는
팔로 서로를 가리며

더듬
더듬

Back Door Man

기억나?
왜 하필 라면을 뽀개 먹었을까
아침이면 개미굴이 되고 말 것을 소란스러운
곳을 피해 손잡고 다니던 어느새 형수,
'형이 그렇게 좋았다……'
형이 그렇게 좋았다 날계란 노른자를
입에서 입으로 건네줄 만큼 형수, 입술과
입술이 맞닿을 만큼 노른자가 멀쩡하게 형에게서
형수에게로 옮아갔다

그날 이후
거울 앞에서 나의 달은 폐색되었다
폐색,
형수,
마치 지난가을
하늘을 가득 메우고 날아다니던 박쥐떼처럼
'누가 처마 밑에 저 많은 검은 날개를 숨겨두었을까'
누가 처마 밑에 저 많은 검은 날개를 숨겨두었을까

어느 하루는 머리를 박박 밀고
동네에 하나뿐인 이층으로 올라 끊어진 고압선을 꼭 껴
안았다
내가 처음으로 울부짖던 소리

몸서리치며 떨며 비틀며
형수, 한사코 이렇게 살아도 되는 걸까?

오늘은 아지랑이도 꿈틀
버러지처럼, 알지 못할 곳으로 옮아가는 계절
형수, 사랑했던 뒤통수의 표정으로 신작로 건너 저수지
넘어 산도 구름도 넘어
아비도 어미도 더러운 자궁, 손가락도 가슴도 뭣도

필요 없다
내가 간다
형수, 이제 우리만의 집을 갖자.

주린 배를 움키고 엄마 몰래 뒹굴던 풀섶을 벗어나
형수, 발간 뺨으로 말했지
'넌 내 하나뿐인……'

우리 이제 형의 아이를 풀밭에 낳아 하늘에 풀어 기르자.
배부르면 난 또 하늘 귀에 스민 형수
그림자를 핀셋으로 집어 아무, 표정을 짜깁고
형수는 내 얼굴에 스민 어둠을 끄집어내
한 땀 한 땀 우리만의 집을 뜨개질하면……

형수 이제, 우리만의 집을 갖자.

역접(逆接)

용기를 가져라 나를 마음껏 분탕질하길…… 서로 다짐하며 눕고 가만가만 교류로 스쳐가는 속삭임 가만 나란히 뻗어가는 신열 아무리 흩어져도 불 밝힐 몸뚱어리는 일인분이어서 훔칠 것 없이 속일 일만 산더미 같아서 어느 하루 서로 입을 앙다물었다 마침내 침을 삼키듯 서로를 버리고 돌아서 헤매며 종일 진땀을 흘리다가도 불현듯 서로 건네는 안부로 이마를 닦았다 네가 여기저기 풀어헤쳐 보여주던 가슴 구석 묘지에 들어가 내 차가운 귓바퀴를 씻었다 찢어 갈라진 마음의 차양 아래 맞나게 내리던 눈발도 아무도 없는 쥐구멍에서 달을 바라보며 한밤에 혼자 뿜어내던 정액도

저 구름은 언제 또 어떻게 걷으라는 말일까? 헛바늘을 잠재우듯 느꺼운 밀어(密語)가 비강을 간질간질 덥히고 사라지고 덥히고 사라지고 불란서에 날아가 눕는다면 불안하지는 않을 거야 그치? 서로 다짐하던 밤 눈을 감으던 아두 얼굴 꽃잎처럼 말라붙는 표정들 돌처럼 작아지는 어깨들 네가 인간으로 태어나서 나는 기쁘다 열에 한 번은 환할 수도 있지 않아 열에 한 번쯤은? 침을 삼키는 연습을 하고 거울을 보며 웃는 연습도 가끔 한다 걷는 일은 즐겁고 가만 앉아 있는 것도 좋다 눕지만 않는다면 이대로 좋아 딱 이만큼의 낱낱의 앤솔러지…… 어디를 접고 어디를 펼치고 어디는 뜯어가도 좋아

첫, 월경하는 누이를 씻는 백야의 푸주한

칼날처럼 머리통을 가르고 날아라

살코기 한 점은 취할 수 있을 거야
칼날처럼 머리통을 가르고 날아라

어쩌면 주검의 문양은 더욱 사랑하게 되겠지
라고 노래한다, 곰삭은 속내와 소용을 다한 믿음은

이 심장은 얼마나 억울할까 울음이 아니라서
이 칼끝은 또 얼마나 행복할까 짐승이 아니라서

오라비는 식탁에서 널 끌어내리고
오라비는 도마 위에 널 뉘어놓고

...... 이
        더러운 안개 속에서 눈뜰 수 없어
...... 이 이
        피 같은 수증기 속에서 숨 쉴 수 없어

한순간 제풀에 바스러질 것을
네 남은 저주의 몫은 얼마만큼이나 견고하냐

오라비는 자꾸만 움츠러드는 남성을 비빈다

피를 찍어 얼굴을 그린 무명천을 지붕마루에 널어두렴
칼로 감나무 둥치에 젖을 새겨 젖꽃판은 인두로 그릴까

결코 저물지 않으리라는 다짐으로
달려온 태양은 식칼에 걸쳐 두 동강이다

회기(回期)

19 밤, 우린 병색의 뺨을 비비다가 주름진 고개를 서로의 어깨에 묻었다. 옷깃에 스민 야릇한 주검의 냄새 녹아내린 파라핀의 촉감 시든 장미, 꽃병에 담긴 썩은 물처럼 끈적끈적 취해 뒤엉기다 멈칫, 멈칫 불타오르는 붉은 머리카락과 선정적으로 창백한 볼로 오라빌 올려다보던 누이, 꾹꾹 눌러 재워도 샘솟는 이 근친상간의 친밀감은 누구의 피일까?

시간의 모래가 누렇게 쌓였다.
치밀한 난황, 물큰한 혓바닥, 찢긴 귓불, 성긴 난백……
불안은 작은 생식세포가 되어 원생동물처럼 기하급수로 분열한다.

20 새벽, 누이는 교회를 나선다. 성년식의 장미 하얀 주름 치마 가슴엔 경전을 받쳐 들고 땋은 머리카락은 목 뒤로 늘어뜨린 채, 누인 이제 막 세례를 받았다. 나쁜 찌꺼기 냄새가 나는 목사의 입술에 이마를 대주고, 우렁이 껍데기처럼 생긴 목사의 귓바퀴에 옹이처럼 닫힌 귓구멍에 더러운 고백을 터질 듯한 부끄러움으로, 뜨거운 욕탕에서 막 알몸으로 나온 듯 웅크리고 저지른 죄들을 낮게 주워섬기며, 누인 울었다. 수다한 나의 죄를 품어 안고, 고해소 격자창에 어둠을 섞을 것처럼

누이, 누일 유혹한 거지의 이름을 입술에 꼭꼭 짓이길 때

이제는 버려진 담장 아래, 꼬무락거리는 더러운 짐승의
눈으로

종루를 빠져나오는 누일 한 번 더 훔쳐보고 나는 거길 떠
났다.

이슬점

오르골 인형이 노래하는 창(窓)
붉게, 일어서 춤추는 머리칼

'꽃잎은 어쩌자고 저리도 시퍼럴까?'
'무서워'

(울며……)

누이, 입가에 주름 지으며 속눈썹을 떴다
창은 녹아
내릴 듯 타오르고
느꺼운 알갱이는 끝내 눈자위를 헤집는데
우린 맞댄 가슴을 이어 실고치를 자을 듯,
시린 젖무덤을 뭉개다가도,

(뭉개다가도)

'여태 우릴 결정(結晶) 지운 죄악은 무얼까?'
'헤어지자……'

이건 마치 오가며 할퀴고 물어뜯고 젖어드는 싸움만 같아
헤어지자……
하면, 금세 살 깊어

누이,
발간 눈썹 날리는 모퉁이
성에꽃 흐너지는 이 벽, 허물면
다시 무에 남을까?
바람은 척척한 날개 흩어놓고

차가운 입김
성마른 안부
시퍼런 우연
건너고

건너도
울지 마라
너는, 울지 마라

이사철

이제는 지붕도 처마도 장독도 감나무도 기억에 없다
마당을 나서며 한 걸음에 하나씩 잊은 거다
마침내는 한없이 낮고 푸르렀을 대문만
마치 누이 표정처럼 또렷하다

고개 들면 깨질 듯한 노을 속에 흐리고 성긴 대문 하나
미치도록
정겨운
낯모를
누이를 태우고 나네

치마와 바지를 뒤바꿔 입고 누웠던 낟가리는 먼지가 되
었으려나
세상에 없는 빛으로 우리 발목을 감싸던
차고 서늘한 꽃뱀은 어디 잠들었을까
무릎을 맞대고 문고리를 붙안아도 마주 서로 커가는 눈,
누이
담장 너머 너울너울 솟구쳤다 갈앉던 만장을 애써 외면
했지만······

누이가 우리 집이라 말했던 그곳을 떠나고 나는 쉬이 다
른 사랑에 빠졌다
떠날 때마다 표정을 바꾸고 뒤태를 바꾸는 파렴치한으로

더는 이 세상에 고향을 두지 않는 족속이 되어버렸다

푸른 대문이 날으는 하늘을 넘어 거기
노을에 발목을 한 땀 한 땀 담갔다 뺀다
마치 하늘 술기를 매듭이라도 지으려는 듯.

몰일(沒日)

    습기가 창으로 몰려가 죽을힘으로 뭉쳐 방울이 되는 상상은 더디다 방 안은 따스하고 바깥으로 밤새 바람이 지난다는 말 결로(結露)의 계절, 창틀에 고인 물방울은 한결같이 엷은 핏빛이다 스포이트를 창틀에 담그고는

    —넌 마치 내 얼굴빛 같구나.

    연민이 다가왔다 어르고 달래자 연민은 아쉬운 낯빛으로 돌아갔고 우린 서로를 동정하기 시작했다 몰일에는 서로의 몸을 뒤져 어딘가 있을 지우개를 꺼내들고 싶다 무얼 지운다는 의지 없는 열정으로

    —삶을 통틀어 받은 식물들은 얼마나 될까? 식물들이 부패해가는 것을 묘사할까?
    —우리에겐 육질이 없으니 부패도 없어. 이 잎사귀는 아크릴로 만들었으니까.
    —우리 함께. 조화에 달라붙을 테지. 원추리는 죽음과 관계가 있으니.
    —그래, 그리고 원추리는 장독대 주위에 둘러 심었다.
    —암술과 수술이 마치 누이 같았지. 그땐 몰랐어, 가위로 잘랐다면 아플 거야.
    —괜찮아.
    —누군가 괜찮아라고 말할 때마다 난 언제나 늦었지만

괜찮아.

　　—너는 나를 아끼느라 자신을 위할 줄 모르는구나. 마치

　　—부패하듯이. 무시무시한 대답과 마법들이라니, 괜찮아
라는 품사란.

　　의지 없는 열정으로 불러들인 가공할 가공한 누이들, 몰
일에 그대들은 사랑에 빠지고 사랑을 저버리고 여전히 그러
고 있다 믿을 수 없는 한파 속에도 저마다 다른 짜임새로 엮
이는 사슬이 되어 여전히 그러고 있다 감당할 수 없는 계시
를 들은 박수 앞에 놓인 작두, 그곳에는 언제나 여지가 남아
있어 누인 어디로도 도망하지 않고 그곳에

　　—도사려 앉은 네 방은 마치 동굴과 같구나.

　　—도사려 앉은 너는 마치 혈거인(穴居人) 같구나.

　　—네 숨은 소라 껍질 속의 노래 같아, 내가 그걸 해석할
수 있다면.

　　—벽들이 우는 소리와 수천 가닥의 음기(陰氣)가 깨지는
소릴 듣는다면.

　　—진흙투성이 길을 접고 들어앉아, 더러운 발을 씻고 폐
를 씻고 마주 앉아

　　—성마른 푸닥거릴랑 접어두고(좋지), 술이며 안주며 악
취며 내뱉는 숨이며 마시다가

　　—자빠지고 일어나고 겯지르다보면(좋지), 이상하게도

—이상하게도?

이상하게 섬세한 하나의 표정으로 방은 커가는 것인데,
몰일에 우리는 더 나빠질 것도 없었고 부끄러워할 사람도
갖고 싶은 사람도 없어서 아무도 남아 있지 않았다 마치 두
손바닥이 아주 오랜 세월을 거쳐 맞부딪는 순간과 같이

(둘은 창을 연다, 환하디환한, 터질 것만 같은, 어리디어
린, 사과를 본다)
—나쁜 일이라는 것은 무얼까?
—사념은 죽어 어디로 갈까?

깨지 않아도 좋을 꿈속에 오랜 안부를 묻어둘 수도 있지,
몰일에는 뱀들이 겨울 밤밭에 毒을 묻어두고 긴 잠에 들겠
지, 창문을 온통 열고 대문을 나서 돌계단 끝 참에 앉아 무
릎을 번갈아 대롱거리다보면 닳고 시린 아리디아린 시선 속
으로 숨어들 수도 있지. 끝없는 안부와 익숙한 실없는 인사
들, 몰일에는 다디단 설태(舌苔)와 같은 눈밭에 수다한 죄
를 묻고 서로의 몸을 뒤져 어딘가 있을 지우개를 꺼내 들고,
의지 없는 열정으로 지우고픈 惡 하나 찾지 못하고

(둘, 유리를 짓씹으며)
—넌 이미 잠든 채 죽었구나.

—넌 지나쳤다.

식물은 문자 눈은 내려 쌓여 식물은 얼고
식물은 죽고 얼음 속에 잎사귀는 뼈가 되도록

엉겅퀴

첨엔, 쪽빛 바늘꽃잎만 같은 줄 알았다.
형겊 뭉치가 모가지를 꾸역꾸역 채워 올라
게거품 물고 '목메어……' 마치 간뇌가 없는 인간처럼

동네서 가장 맑은 우물 바닥에 새알을 갈앉히고는 언젠
가 날아오르리라 믿었다. '날아오를 새라고……' 어거지에
볼 빨개지도록 서로의 찬 등을 비비고 돌아선대도, 그렇지,
그럼,

그래, 마치 조금…… 바다, 해 넘어가는 배를 타고 간 치
들은 건너오질 못하고
어미 아비 잡아먹은 고사리철 난바다에 발목 잡히고 몸
이나 벗었다고
까치독사 잡아 목에 걸고 돼지우리를 나뒹구는 느까치 없
는 치들처럼
'가시가 그렇게도 아프더냐……'

꽃 줄거리 가시를 하나, 하나, 하나 빼다가도
'이젠 포담시…… 울 줄도 알어'
빤히 치어다보다가도, 돌연
'워, 워매……' 날 붙안던

누이,

032

'나는 오직 나를 향해 달려간다.'
엉겅퀴 가시무덤에 꽃말을.
'추악하고 처연하기에 처참한 네 극단에 대해'
그래, 처음엔 바늘꽃잎만 같은 줄 알았다.

제육의 문

등골을 훑을 전율 같은 건 없습니다.
어떤 해프닝도 없습니다.
당신과는 상관없는 눈에는 눈을
당신과는 상관없는 이에는 이를
당신과는 상관없는 주먹에는 주먹을

꾸역꾸역 잘근잘근 먹습니다.
손톱을 물어뜯으면 새 손톱이 당겨 올라오듯
당신은 왔습니다.
구멍이란 구멍은 모두 막고
배꼽 뿌리까지 태워버릴 기세로
비릿한 낭하를 빠져나올 때
당신은 마지막인 듯
한 번 더

발뒤꿈치로 삭도(索道) 외음부를 찼습니다.
그러고는 탯줄을 블라인드처럼 잡아당깁니다.

모의하십시오.
협잡하십시오.

삭막한 표정을 벗으면 모자이크처럼 경련이 꽃피고
당신의 뼈 위에는 다른 몸뚱이가 놓입니다.

당신의 가슴은 흉터가 가득합니다.

어떤 해프닝도 전율도 없습니다.
몸뚱이는 누구의 것입니까?
깊숙이 손을 넣어 휘저어보십시오.
손끝에 만져지는 끈적끈적한 돌멩이는 뭡니까?

쌓고 포개면 서로 엇갈려 꼬물꼬물 돋아나는 것들

지금 흔드는 종은 술잔입니까, 지뢰입니까?

지금 먹는 꽃은 돌입니까, 살입니까, 울혈입니까?

당신의 뼈는 당신의 그림자를 살찌우려고 당신의 똥구멍
을 향해 꾸역꾸역 전진합니다.

눈알 하나 빼주시오.
그거 삼키고
당신을 똥부터 사랑하겠습니다.

맹금이

맹금이는 물방울무늬 원피스 아래 하초를 갖고 있겠지 붉은 피를 쏟으며 앞서 걸었다 아이들은 소 치는 작대기로 들치고 찌르며 웃고 돼지막 아비가 절름절름 뒤따라 붙었다 붉은 피를 쏟으며, 그런 날에는 몇 개째일까? 일없이 나뭇가지를 분지르던 네가 죽든지, 소가 도망을 가든지 비탈에는 돌칡이 자라고 네가 죽고 손톱이 모두 뭉개져도 이걸 어디까지 파야 뿌리가 모두 드러나는 걸까? 때가 끼어 까뒤집히는 손톱을 부둥키고 학학거려도 도무지 어디로 이어진 뿌리일까 드러나지 않는, 더러운 신작로 모조리 젖처럼 들이켤 태세로 누군가 나서 시멘트를 바르고 모르타르를 덮어씌워도 누군가 그 길을 뒹굴다 저수지에 빠져 죽는다 말리고 또 말렸는데도 한사코 비뚤어진 길에 뒤엉킨 길에 파이고 파인 또 파인 웅덩이에 발을 씻고 뒤통수는 하늘에 맡기고도 아무런 부끄럼 없느니 오늘은 뿌리가 참 실하다. 사라져라 내가 죽든지 네가 죽든지, 참 실하니 열없이 함께 누우면 그게 무덤이건 이불이건 하나는 우릴 진창에서 받아 올릴 테고 하난

시나위

이 빠진 사발에 더운 물을 가득 채우라. 그 가운데 대나무 가지를 분질러 세우라. 그 가지 삽시간에 꽃피울 테다. 이 담벼락 속엣말은 영영 상스러울 테니. 살이 곪아 죽은 기녀가 마지막 노래를 부르러 날아오리니. 찢긴 북을 불탄 피리를 내오라. 열 손이 잘려 죽은 대장장이가 제 손톱을 거두어 오리니. 다시 쇳물에 식칼을 녹이라. 네 새끼 잡아먹은 찬 우물엔 시퍼런 구름이 내려 스미리니. 곡기를 끊으라 배꼽을 전폐하라. 네 입은 네 입이 아니고 네 밑은 네 밑이 아니리니. 내 한마디 한마디에 네 온 핏줄은 양잿물로 들끓을 테다. 행여 더러운 몸이라면 즐겨 흘레붙으라. 내 너희의 접붙은 몹쓸 것들을 들러붙은 그대로 도려내 다디단 술을 담그리니. 자자손손 그 술을 마셔 악업을 씻고 나서야 비로소 너희는 습생(濕生)이다. 내 너희의 온 몸뚱이 넋 껍데기를 뭉치고 다져 묻으리니. 삼라만상을 덮고도 남을 염통 하나 억겁을 거슬러 구천을 건너라. 가라. 지금이라도 늦고, 지금이 아니라도 늦된 버러지들아. 붓대에 붉은 기를 매달고 피바람에 춤추는 서로의 이마에 새기라. 큰 박수 소리 한 번에 잊히고 말 이 더늠, 더늠, 더늠을.

제2부

나는 또다른 얼굴이 이미 알고 있는
그곳에 숨어 있는 것을 본다.
—에녹, 64 : 1

친친

친친이라고 쓰리라 비가 치는 들창에 앉아 축구가 시작되기 전에 골이 터지기 전에 반동이 운동이 되기 전에 폭탄이 지붕을 때리기 전에 폭동이 혁명이 되기 전에 적을 단호히 응징하기 전에 친친이라고 쓰리라 욕망이 신음이 영영 망하기 전에 중간 평가가 없는 부르짖음을 위해 중간 평가가 없는 사랑의 정권을 위해 쓰리라 하리라 반나마 곯은 눈을 홉뜨며 벽을 향해 날리는 사지로 몸뚱이로 부닥치며 쓰리라 친친이라고 그보다는 침몰로 하리라 이 사랑 이 허리 이 귀 두를 두른 껍데기를 **살아주세요 끝끝내 나의 포자여** 사랑하는 나를 친친 죽이고 싶은 나를 친친 낳은 쌍둥이 엄마 하나를 지우는 호적 아래서 웃고 춤추고 여름하리라 끝없는 여름의 열음이 아주 썩는 마당에 끝장을 보는 몸부림이 아주 아름답기 전에 곯아 녹기 전에 종결형을 향해 가는 마침내 친친이여 수식어를 향해 가는 혐오의 췌언이 완성되기 전에 친친이여 서로의 장애에 우리는 중독되어 이토록 기나긴 절연의 친친이여 계속되는 정오 지나 아무리 긴 청탁의 친친을 하더라도 그보다는 아주 친친을 쓰리라던 하리라던 우리 곰팡처럼 **되뇌건대 우리 강물과 두루미처럼 서로가 수상해서** 검댕처럼 곱씹건대 우리 강물과 두루미처럼 서로가 수상해서 나의 윤무에 끼어들어 오로지한 너 스스로를 발견하라 우리의 춤으로 친친하리라 쓰리라 아집이여 손금보다도 작은 울음의 허방에 나의 눈곱 나의 눈곱의 포자 앞에 우리 서로의 눈길 속에 서로를 가두고 서로를 터뜨리고 속눈썹 앞에 우리 서로가 찌르는 서로의 눈길로 부는 바람을 가두고 여며 비로소 강렬한 인칭에 도달합니다 친친이라는 인칭 속에 깃들인 나라는 인칭 속에 잠든 당신이라는 피와 당신이라는 숨결 당신이라는 아침 우리의 인칭은 확전을 꿈꾸고 잠든 인칭 안에서 **우리의 교전지도는 아름다워라** 이 무지와 이 호기심과 이 미명 앞에 당신과 친친과 친친이 가진 유일한 비참 속에서 당신만의 그 모든 진창 속에서 나를 식별하리라 선언적으로 명제적으로 아침을 맞으며 뒤통수를 도끼로 깎아지른 것만 같은 직유의 몸으로 친친하리라 쓰리라 멋 부린 친친의 살집들은 고약한 풍미로 전락해 냄새로 내게 스미고 당신을 은유하려는 고집이여 허방이여 걷다 치다 스미다 고개를 들면 이마에서는 자꾸만 인칭의 소금이 돋고 하늘 귀퉁이에서 희멀건 손가락 하나이 뻗쳐 정수리를 간질이고 친친하리라는 우리의 행려와 친친하리라는 우리의 병자는 친친을 믿고 친친으로 일어나 **당신으로 당신하는 편도의 밤**을 찢어 좁쌀의 눈만큼 아름답게 티눈의 핵간큼 영롱하게 빚어 우리는 함께 친친 몸을 나눕니다 우리는 함께 친친 믿음을 나눕니다 친친에서 친친까지 당신과 나는 서로를 바꾸기 위해 몇 블록의 삶을 팽개쳤는가 화가 난 당신은 제멋대로 친친의 위치를 바꾸고 화가 난 나는 말도 없이 친친의 체위를 바꾸고 허리를 앞뒤로 움직이며 친친해대고 여전히 여러모로 친친한 관계 속에 놓인 당신이 나를 향해 친친할 때 커질 대로 커진 나의 신음은 젖은 친친의 음모를 건

드리고 곤두선 핏줄은 더욱 기괴한 자세로 친친을 짓누르고
찢긴 **나의 윤무에 끼어들어 너 자신을 발명하라**

브론테의 계절

자매는 음악이 버린 고장에서 태어났다. 철골고- 석조
담벼락은 이상하리만치 식물적인 퇴락을 거듭했다.
예기치 않은 운명에 익숙해진 자매는 종종
따뜻한 창문 너머 낮게 뻗은 숲길 어딘가
비밀스러운 삶이 숨어 있으리라 생각해보는 것이다.
영원을 꿈꾸는 자는 스스로의 종말에 대해서만 생각한다.

거짓말 같은 또는 모호한
말들의 왈츠,
서로에 대한 애정 안에서는 완벽하고, 배반을 위해서는
나무랄 데 없는.
우린 벌써 죽은 것일까?
이것은 기쁨일까?
자매는 흐느껴 울었다.

*

샬롯-앤-에밀리
고요는
5분 전에
눈비는 도처에
침묵은
만 년 동안

구름은 갈라터진 젖무덤에

갈라터진 땅속에 가지를 거꾸로 처박고
폭풍을 붙잡아 말리는 고목의 살진 뿌리는

샬롯-에밀리-앤
살진 뿌리는
자매의 머리칼
땅속으로 뻗어가는
질긴 핏줄

네 어미는 등배를 가늘게 떠는
거미가 되어
챙그랑, 눈빛을 헐어 비애를 산단다.

*

마침내 침을 삼키듯 자매는
기다림을 잠재우는 법에 익숙해갔다.

그러나 유일한 구원의 희망은
서로의 젖은 손등에 떨리는 입맞춤
그건 꿈과 현실을 한데 뒤섞는 작업이었다.

한 무리의 맹인들이 창밖으로 느릿느릿 몰려왔다.
그들은 너무도 많은 사물에 부딪혀
의심으로 푸르게 질린 입술을 하고 있었다.

—입술을 위해 잔을!

창밖에서 누군가 나직이 읊조렸다.

깃
─아뜨레

이후(以後)를 살 필요는 없어 그렇게 자꾸 너는 이미 이후에 있구나

언젠가 동각 마당서 매구 치다 접고 참을 기다리다 보았지 하늘을 나는 검은 깃 속에 보았지, 농사월력 이음매마다 나락 더미가 돌무더기로 덮쳤다 널빤지와 새끼줄이 갈앉았다 사방은 온통 뭉개진 판인데 하이얀 속곳을 입은 아낙이 지친 듯 앉았다, 누인 말했지 마치 가슴이 타들어가는 것처럼 마치 가슴이 타서 재가 되는 것처럼 찢긴 속곳에 들린 낯선 아낙이 그리워 잠들 수 없다고,

들개를 기르는 이의 울안을 사랑하자 알지 못할 곳에 깃들인 알 수 없이 지닌 白日 손톱에 아미(蛾眉)에 박힌 白日을 가로놓인 놓인 식칼을 벼리자 유리가 박힌 돌담을 기는 아가를 그리자 목줄 없는 삶을 살다 간 벙어리를 노래하자, 가느다랗고 또 완강한 닳아버린 북채 같은 발목을 물비늘이 뒤덮은 뱀 껍질의 정강이에서 농약처럼 미끄러져내리는 하얀 버선을

매구 치는 심장을 감싼 육질이 스르르 꺼져들어간다, 너는 또 억만금이 내려앉는 것처럼 억만금이 내려앉아 발바닥에 눈알이 옮아붙은 것처럼 캄캄하게 그립다 말했지 그런 날들일랑 멀찌감치 밀쳐두고 내 가슴팍에 깃대어 너는 쓰

자, 슬레이트 지붕을 오르는 누이의 가르마 넘실 소낙비, 먹구름 속에도 상처 입은 날개를 저어 자꾸만 이리로 이리로 안간힘으로 스미는 남양(南陽)이거나

　보시기 물을 머금어 누이 이마를 비추이는 끝끝내이거나, 너는 또 투명한 작은 것들이 아려 상처 입은 날개를 저어 자꾸만 이리로 이리로 거슬러 원을 그리며 맴도는 자그마한 빛살을 불러들인다. 그런 새가 있다는 것을 나는 믿었다, 고개 들면 항시 너는 거기 도사리니까 도사려 나를 쉬게 하니까

아뜨레
— 깃

　죽음 이후를 생각할 필요는 없어 이봐 그렇게 자꾸 너는 이미 죽음 속에 있구나 언젠가 시내의 추레한 밥집에서 메밀국수를 기다리다 보았지 낡은 신문 속엔 먼 이국의 해안이 지진으로 덮여 있었다 먼지 속에 널빤지와 기둥이 갈앉았다 천지사방 타다 남은 벌판인데 한 여인이 새하얀 아오자이를 입고 지친 듯 앉아 있었다 너는 말했지 마치 가슴이 타서 재가 되는 것처럼 가슴이 타서 재가 되는 것처럼 아오자이를 입은 낯선 여인이 그리워 잠을 이룰 수 없다고 강아지를 기르는 이의 마당을 상상해보자 이봐 그렇게 백일몽 속에 헤맬 필요는 없어 백일 백일 백일 하늘에 박힌 白日 하늘에 놓인 정원을 상상해보자 옥상 난간을 걷는 강아지를 떠올려보자

　목줄 없는 삶을 살아가는 남자에 대해 생각해보자 가느다랗고 완강한 쇠파이프 같은 다리를 상상해보자 칼자국이 많은 정강이에서 비눗방울처럼 미끄러지는 그의 하얀 양말을 상상해보자 쇠파이프를 감싼 하얀 천이 바닥으로 스르르 미끄러진다 너는 또 억만금이 내려앉는 것처럼 억만금이 내려앉아 발바닥으로 눈알이 옮아간 것처럼 캄캄하게 그 발목이 그립다고 말했지 그런 날 리필한 커피를 그대로 남겨두고 집으로 돌아와 나는 썼지

　나비, 투명하다 우리의 메리-고-라운드 곁에는 언제나 나

만의 아뜨레가 있었다 아뜨레 아뜨레 나비, 나, 투명하다 메리-메리-메리-고-라운드로 나비, 나, 너, 투명하다 아뜨레 아뜨레 아뜨레 목조 계단을 걸어 올라오는 남자의 머리엔 창백한 구름 창백한 구름이 지구 반대편이거나 지중해 어디의 바다를 비추고 있다 너는 또 그렇게 투명한 것이 아려 상처 입은 날개를 저어 자꾸만 시계 반대 방향으로 원을 그리며 하늘을 맴도는 자그마한 새에 대해 말했지 그런 새가 세상에 있다는 것을 나는 믿었다 고개 들면 언제나 거기 새가 있으니까 밤에도 낮에도 방에서도 좁은 욕실 천장에서도 아뜨레 아뜨레 나, 투명하다.

이복(異腹)

마침내 침을 삼키듯, 기다림을 잠재우는 데 익숙해가고

*

누인
더러운 입맞춤이 버린 배를 찢고 태어났다. 처마와 서까래
담벼락은 이상하리만치 식물적인 퇴락을 거듭했다.
예기치 않은 운명에 익숙해간 누인 이따금
따뜻한 창문 너머 낮게 뻗은 뒤란
어딘가
비밀한 삶을 식재(植栽)하리라
다짐하는 것인데

*

영원을 꿈꾸는 자는 스스로의 종말만을 상상한다
서로에 대한 애정 안에서는 완벽하고
배반을 위해서는 나무랄 데 없는
거짓말 같은
말들의 왈츠

*

누인도처에나는만년후에,구름은갈라터진
젖무덤에,갈가리찢긴눈알에돋는실핏줄에
누일숨기고,나는항시폭풍을붙잡아말리는
고목의살진뿌리,살진뿌리는서롤향해뻗는
질기디질긴시선,실핏줄을뽑아엮어만든집

*

　　　　　—우린 벌써 죽은 걸까?
　　　—이 쓰디쓴 맛은 누구의 피일까?

*

오라빈
등배를 가늘게 떠는 거미가 되어
챙그랑, 눈길을 헐어 이생을 산단다.

무궁동(無窮動) 왈츠

끈덕끈덕
위아래 더러운 입술은 서로 저희를 안고 풀지 않았다
마른 혀로
서로는 축였다

—나라는 인간이여, 당신의 축은 무너지지 않았는가?
—끝없이 흔들리는 의자에 앉아 스스로를 시험하는 순
간에도
—영원히 회전하는 만화경의 한가운데 점으로 꽂히며
—응
—응?

혓바닥에 얼어 굳은 침으로
서로는 녹였다

기침은 허파를 찢는 톱날처럼 네 고요를 고함친다

흐르며 부푸는
하관(下觀)

서로는
서로를
사냥하며

외국말을 배우는 시간

AMMA

어떻게 읽는 걸까?

*

AMMA

네 살갗을 비비다 나는 보았다

초록빛 나는 수변(水邊)을
자수정을
흑요석을
아직 깨어지지 않은 손톱에 박힌 초승달칼을

나를 꼭꼭 접어 네 손톱에 자라는 기린에게 먹일 수 있으
리란 착각

　—어쩌다가 나는 내 다정한 베개를 잃고 허우적거릴까?
　—어쩌자고 나는 내 다정한 베개를 잃고 잠들어 얼어붙
었나?

AMMA

네 살갗에서 떨어져 여기까지 왔어
눈알엔 모래가 톱을 이루고 네 말은 조수에 흩어진다

내가 물이 되려고 네 피를 마시고
네가 고기가 되려고 내 뼈를 깎는다

다정하자

서로는
서로를
잉태하자
끝내 남은 다정함의 윤리로
임하자

AMMA

너를 비비면 소금과 비명으로 채워지는 내 물과 고기의
허파

* Jason Becker의 〈Amma〉(《The Raspberry Jams》 03 트랙)를 되풀이
해 들으며 읽으세요.

제3부

내가 바라는 것은/ 불가능한 가능이다/ 희생자 없는 세계
— 호세 에밀리오 파체코

도감에 없는 벌레

옛 애인에게 받은 속옷을 셔츠를 입고 옛 애인에게 받은
바지를 입고 나선다
옛 애인에게 받은 안개를 바람을 입고 옛 애인에게 받은
황사를 입고 나선다

변절기(變節期), 잿빛 웃음으로 낱장의 표정을 여미다
살갗을 떠나는 각질에 지는 꽃잎 하나씩을 짝짓다가

—우리 언제 다시 천둥과 우레 눈보라 속에 다시 만날까
—이 소란이 끝나고 누울 때 누가 승자인지 드러나겠지

그 많았던 오해와 모략과 끝끝내의 말들
오래 귀담아 들을수록 거짓은 내밀해서 점점 달콤해져만
가는 것인데

중독자여, 나는 1초의 삶을 위해 24시간 죽는가
깨지 않아도 좋을 오랜 꿈속에 갇힌 번데기처럼

수피 여자

나의 마당에 자라는 수피 여자야, 잎사귀로는 해를 쏘고 가지가지에 움켜쥔 꽃잎은 말라 떨어지는데 아래로는 핏줄을 엮어 만든 부름켜의 목걸이 다시 아래로는 실뿌리로 그악스럽게 그러쥔 이암 사암 다시 아래로는 질척질척, 나의 마당 비밀한 지도를 나는 읽을 수 없어 당분간은 네 안에 살기로 한다. 나의 마당에 자라는 수피 여자야, 솟구치는 몸뚱이를 감싸고 떨어지는 물줄기는 무례해서 서글프고 수피 여기저기에 색색이 생장점은 실눈을 뜨고 실눈을 뜬 물관 속에 나는 마치 수은에 잠긴 것만 같아서 너를 안으면 숨이 멎는다 그래 입술을 마주 대면 깊은 물속에서도 숨 쉴 수 있을 것만 같아서, 여자야 너와 오래도록 도사리며 식물이 되어가는 내 자취를 좇아 네 남은 수피의 연혁을 버릴 수 있겠니? 천둥과 우레 속에 꺾여 넘어지는 비명으로 나의 마당에 엎디는 나의 길을 가로막아줄 수 있겠니? 숨죽이며, 나를 앗아다오 그래 내가 사라지면 내 앗김은 고롱고롱 물이 되어 네게 흐르고 비로소 우리는 울울창창할 테다 나의 마당에서 뿌리까지 한데 엮인 겨드랑이에 사타구니에 새싹은 돋아, 돋는 싹에 이파리에 우리의 이름을 새기자 그러고는 상냥히 웅얼거리자 가을봄여름겨울 풋잠에 취해 나부끼자

여자야, 웃고 춤추고 여름하리라

시나몬 쟁탈전

당신이 내게 아집을 덧씌웠다고 한탄한 적이 없어 난 또한 얼굴이 없습니다 손가락 하나로 모두를 가릴 수 있다 그것이 표정이다 그러나 두 손바닥을 마주 펼쳐도 당신을 가릴 수는 없어요 진심을 밖으로 꺼내고 오해를 삼키고 또 삼키면 다시는 남이 되지는 않을 테다 표정을 지우고 목석처럼 남겨져 이 얼굴 없는 세상을 맘껏 뒹굴 수도 있겠지요 열없이 목젖에 칼을 꽂고 당신을 보지 않고 듣지 않고 당신에게 당신을 주지 않고 굳은 다음엔 평화가 오겠지요 물과 쌀이 있어 다만 연명할 수 있다는 '진실'은 당신에게 주어진 기적이 아니라 사치입니다 다시는 당신 따위에 맛들이지 않겠다 이제 다만 고요히 도사릴 즈음 다만 함께 굳은 이마를 맞대고 가루가 되어 녹을 즈음

*

당신에 대한 애정과 오해와 녹여버리고픈 미각을 나만의 칼끝에 가져와 짓이기다 나는 극지에서 다시금 당신을 느끼다 느낄 때마다 당신에게 꽁꽁 묶여서 아무것도 할 수가 없는 지경에 이르렀고 그럼에도 당신은 당신만의 영역이기에 신비합니다 시나몬의 시작 시나몬의 질과 가치는 오로지 당신의 느꺼운 혀 위에서 당신만의 오해 속에 자라고 당신과 나는 시나몬의 끝에 펼친 어둠 속에서 마주쳤다 시나몬, 미뢰(味蕾)는 뾰족했고 침샘은 삼켰다 시나몬, 더이상 잘게 저

밀 수 없는 점막 시나몬, 식칼로 떠 흩뿌린 노란 하늘 당신
만의 야릇한 별계(別界)에서 치미는 욕지기로 자갈을 물리
고 마침내 나는 당신에 대한 치열한 자기 탐색의 공리이고
명제이다 이것이 시나몬의 맛이다.

1년 후의 개봉관

영화사

작가 선생, 나는 오늘 누보로망 같은 광장을 걸어 진 세버 그 같은 소녀를 만났습니다 그림자는 나뒹굴고 길고양이들이 지붕 위에 나부끼는 거리에는 순한 녹색 말을 타고 하늘을 나는 신부도 있었습니다 불가사의한 시선들, 점 같은 틈 같은 유일무이한 것들의 알 수 없는 집적, 카메라는 말합니다 과거를 두려워하는 자는 낙관론자다 미래를 두려워하는 자는 비관론자다

우롱당하는 시대에 우롱당하는 스크린이 있다면 그건 투쟁이지요* 시나리오와 영상의 틈새기가 두렵다면 당신도 나도 배우도 함께 죽어야 할 겁니다 작가 선생, 연출은 다른 많은 가능성을 모릅니다 사랑의 눈길로 화면을, 이 식상한 명사를 정의하기 위해 우린 몇 롤의 필름 위를 걸어온 걸까요? 그 모든 길목에 면도날과 같은 스크린의 빛이 도사립니다 작가 선생, 원고는 돌려보냅니다 밤은 추워 뼛속에선 종이 울겠지요 아아 눈이 멀 것만 같아, 오늘은 침묵과 무채색 속에 도사리렵니다

시선들

뭐가 더 필요해? 나는 물었다 감독은 문을 열고 뛰쳐나갔고 곧장 극장으로 들어갔고 작가는 스크린 곁으로 따라붙었다 불은 꺼졌고 짧은 시간, 급작스런 침묵으로부터 도망할

기회가 천천히 사라지고 극은 시작되었고 극이 끝나도록 어
둠 속에 움츠린 또는 기대선 스크린 속의 내 모습 강아지와
새와 고양이들은 때때로 기대선 움츠린 나를 관람했다 뭐
가 더 필요해? 선택해, 싫어, 좋아, 기뻐 우리의 사랑은 지
저분한 후시녹음처럼 곧 울 것만 같은 어깨처럼 뭐가 더 필
요해? 감독은 물었고

　마침내 엔드 크레디트 속에 들려 사라지는 너와 나와 감독
의 이름들 너는 어깨를 일으키고 손가락을 눈앞에까지 가져
갔고 곧게 펼쳐 한참을 보다가는 드디어는 웃음을 터뜨렸다
그 결말은 더이상 유효하지 않아 우리의 사랑은 진창이었고
무언극이었고 스캔들만이 유일한 진실이 된 지금, 곧아 움
츠러든 손마디를 펼친 시선 속에서 나는 더러운 핀터마임만
을 반복하는 열정 없는 배우 기생충 같은 더러운 침묵의 기
식자 작가는 음모를 꾸미고 관객은 냉정하며 감독은 실어증
환자인 우리의 음험한 조합 그 무의미한 선언을

처녀작
　감독님, 저는 가난한 필모그래피의 자식입니다 숨과 활
력, 그것은 보이지 않는 '스타일과 유머'의 문제라는 것을
압니다 영화는 단지 휴일 한낮의 지리멸렬한 소일거리에 지
나지 않습니다 감당할 수 없는 시나리오에 맞추어 바뀌는
감당할 수 없는 표정의 롱테이크, 좁혀오는 거리의 은밀한

시나리오 감독님, 그건 당신과 배우들이 내게 선물한 상처입니다 아마도 최초의 아마도 최후의 너무도 아프고 깊어 당신에게는 마치 거짓을 강요하는 최면처럼 보일지도 모를 몸짓들, 모든 것이 버려진 곳 하지만 표정 하나 말씨 하나 몸짓 하나가 따스한 이면을 갖는 곳

그 더러운 거리 구석에 처박힌 우리의 스크린 속에서 텅 빈 이젤을 붓질하는 무대감독과 뚜껑이 닫힌 피아노를 연주하는 음악감독과 마개가 닫힌 렌즈를 들여다보는 당신의 무자비한 손, 엉뚱한 스토리로 엮인 당신과 배우의 사슬 그리고 끝이 보이지 않는 에피소드로 엮인 관객과 스크린의 얼개, 야만스러우리만치 뻔뻔한 더빙과 입놀림을 앞서 달아나는 사운드트랙들…… 결국 컷은 우리를 버렸고 커튼콜을 앗아갔고 우린 '우리'를 가질 수 있는 마지막 가능성을 스스로 앗아버렸습니다 이제는 죽거나 혹은 나쁘거나만 남은 스크린일지라도

FIN
우리는 당신들과 같은 엉망진창으로 눈을 더럽히지 않았다 우리는 당신들과 같은 무자비한 '암컷'에게서 태어나지 않았다, 우리는 조약돌과 같은 손길을 찾아 개봉관을 헤맸지만 당신들로 인해 아무것도 눈에 담지 못하고 번번이 되돌아와야 했다 불 꺼진 극장을 나서며 문고리를 말아쥐고

조그맣게 망설이는 우리, 손바닥은 끝내 타들어가고 마침내 당신들은 제멋대로 좌석의 위치를 바꾸고 화가 난 우리는 제멋대로 티켓을 구겨 던지고 당신들의 시선을 버리고 스크린, 더 무엇이 남았기에 저 창은 이토록 뜨거운가?

* "우롱당하는/ 시대에 우롱당하는 시가 있다면 그건 투쟁이지요"(이승훈, 「당신에 대한 생각」에서)

앙코르

우린 머리를 맞대고 마주 앉았지.
나쁜 행동을 접는 대신 나쁜 염원에
쉽게 빠져들었다 가능한 모든 리듬을 들이켜며
음악은 계속되어야 한다는 압박에 시달렸다.

이 멋진 세상에 흉측한 절름발이처럼 돌아다녔지만
악보는 차라리 새하얗게 떠오르는 링이었다.
루프를 넘어 올라 팔을 뻗자마자
저마다 절름발이라는 사실을 까맣게 잊고

팬-케이크
팬-플룻
돌고 도는 음표
구겨진 주먹
조각난 술잔
불타는 오선지

카페 구름 공장
비열한 거지의 거부할 수 없는 한마디*로
폐부는 금세 앙코르에 휩싸였다.

마침내 우리는 기타를 던졌다.
* 오르겔탄츠의 〈요람에서 무덤까지〉에서.

음역(陰易)

악몽을 꾸고 일어나 더듬더듬 찾아헤매는 문고리
발작을 하거나, 발악을 하거나
망명을 꿈꾸거나, 말라붙거나
길은 마치 깊은 생각에 잠긴 것처럼 기화한다

쓰고는 네 눈길이 스민 하늘 귀퉁이를 네모로 오려 주머니에 넣고 돌아섰다 그러고는 곧장 뒤통수에 사다리를 걸쳤지 개미떼가 속닥속닥 정수리로 기어들었다 한복판에 검은 허방이 펼쳤다 너는 주머니에 손을 넣고 주먹을 오므렸다 폈다 했겠지 사정하고 발버둥 치며 빌었는데도 너는 이 더러운 꿈이 끝나도록 속을 보이지 않았다 우산이끼 그늘에 숨어 새빨간 치마로 벗은 몸을 가리고 온종일 마당을 걸었다 새 한 마리 네가 훔친 엽서를 입에 물고 서쪽으로 날았다 무참한 사랑에는 검열조차 없다 비유가 없는 세상에선 붉은 눈으로 게걸음을 걷는 술꾼들이 진을 치고 있겠지 그래 아름답게 미친 자들이 손 맞잡고 어두운 개미굴로 다투어 들어갔다 나도 예외는 아니어서 널 은유하려고 덤비는 것은 이 더러운 꿈만은 아닐 테다.

초파일 산책

부러진 팔다리를 질척이며 가슴이 파헤쳐진 애인을 들쳐업었어

피와 뼈의 창고여, 우리는 어디서 나와 어디로 되돌아가는 것일까?

헤매는 나에게 좀더 애틋한 귀로는 없는 걸까?

어떻게 어떤 사랑은 일정한 궤도를 벗어나는 일 없이 꼭 맞는 운행 거리 안에 믿음을 부리며 서약을 완수해나가는 것일까?

떠나간 애인들은 대체로 말이 없었다

떠나간 애인들이 대체로 말이 없었다

떠나기 전에도 그랬고, 떠난 후에도 그런다

불가촉이다

검게 말라 떨어지는 입술 조각을 고이는 촛농 속에 던져넣어, 불꽃을 조금 더 뺨 쪽으로 살랐다

언제인가부터 대문을 놔두고 내 집 담을 내가 넘었지 보란 듯이

나의 불도장(佛跳墻)은 밖에 두고 온 증오와 안에 밀쳐둔 무기력을 넘나들며 꼴렸다

―이 공포와 분노와 막막함은 아마도 격세유전 되는 것

일까?

— 그러고는 죽을 때까지 사라지지 않는 것일지도 몰라.

— 내 분노의 몸뚱이는 네 무기력의 몸뚱이를 포기하지 않
겠지?

— 그러고는 나와 너는 벗어날 수 없는 수치 속에 잠들겠
지.

이 땅에 인간으로 태어나 인간의 친절을 인간으로서 인간
답게 껴안으며 서서히 짐승이 되어간다는 사실로 스스로를
위로하는 수밖에

— 나는 이제 너를 내 뱃속에 묻겠어

— 이제 네 피부는 내 감옥이다

— 당신의 구두는 안녕하세요?

— 당신의 물컵은 안녕하세요?

행갈이가 필요 없던 꽃시절 꽃시름의 열없음이여

세상의 무뢰한들은 모두 내 집 담을 타넘은 것만 같아

기나긴 초파일 산책이 끝나고 담장 밑은 짓밟힌 꽃사태
였다

모가지 꼿꼿 쳐든 목단은 곧고 단단한 꽃잎 사자 우리를

— 펼쳐 보이고 불두는 하얗고 어여쁜 아가 이마처럼 부풀어
비릿한 내음하며

　나는 지상의 이슬이 거기서 나와 다시 지상의 먼지를 적
시는 거기를 본다
　젖은 구두코를 발가벗은 뒤꿈치에 오래 문지른다
　들어갈까?

조서

세상은 그대를 자꾸만 은유하려 든다.
어디선가 그대와 삶을 바꾸고 싶어하는 이
길에 갇힌 행려병자의 문장을 여기 받아적다.

화환

그대는 아침이면 홀로 베이스캠프를 산책하고
저녁이면 홀로 눈밭에서 수영하길 즐긴다.
밤이면 그대가 말없이 홀로 걸어 들어가는 저세상
죽을 고비를 넘겨 기를 꽂고 돌아오는 산해경의 깃대.

알피니스트

청력을 잃고부터는 전봇대에 귀를 대고 채보하는 작곡가
그대는 인간의 목소리가 없는 연주 속으로 몸을 숨긴다.
봄이다 꽃 피는 푸가와 꽃 지는 토카타를 오가는 꿈
코르크 마개로 틀어 막힌 병목에 갇았었다 떠오르는 그대
의 아라베스크.

아라베스크

지구의 끝을 상상하며 온 우주를 누비는 지도 제작자
사다리를 땅끝에 붙이고 하늘로 오르면 언젠가는 다시 내
려올 수밖에 없다
허공에 발을 두고 어둠 속으로 기어올라 그대가 사라지
던 밤

현무암 위에서 불임의 아내와 뜨겁게 뒤엉키는 꿈에 그
대는 녹는다.

현무암

엉뚱한 곳에 자리한 엉뚱한 포식자처럼 엉뚱한 전장에 복
무하는

저격수, 어둠 속에 몸을 숨기고 그대는 스스로의 오오라
를 탄주한다.

관자놀이 위에 그려지는 붉은 레이저 광선 타격점을 바
라보며

그대는 엉뚱한 곳에 깃들인 어둠에 한 입씩 삼켜진다.

관자놀이

하루는 지질학자로 하루는 언어학자로 하루는 사채업자
로 살아간다.

제 영혼에서 한걸음 물러나 바닥에서 한 뼘 띄워올려진 채
그대는 살아내야만 할 유령의 계보를 받아적는다.

종이에 손을 짚을 때마다 그대의 지축은 한 뼘씩 뒤틀린다.

고스트라이터

붓 하나로 색 하나로 평생 직선만을 모사한 화가
마지막 팔레트에 구멍을 내고 구멍 속에 몸을 웅크렸다.
온몸의 직선을 깎고 접고 궁글려 마침내

곡선의 각질 연작으로 스스로를 완성하다.

곡선의 각질

미몽(迷夢)에 쫓기는 카사노바
부푸는 아랫배를 쓰다듬으며
그대는 세계의 회음부에 아늑한 지붕을 얹고자 했다.
빨간 불구덩이 억만 개짜리 정념이 삶이라는 임포텐츠 위
에 퍼붓는다.

그대라는 지붕

새벽은 그대의 머리칼에 는개를 듣는다.
하얗게 쇠어가는 터럭을 매만지는 사이 글자는 기화하고
그대를 기억하는 모든 이들의 손바닥에 새긴 빗금들이
서서히 사라져 생명선으로 피가 흐르고 다시 마르느니

그대라는 화자

적당한 빛과 물과 계절의 변화가 스스로를 바꾸어주기를
기다리는 식물처럼
책상에 심겨져 마지막 문장을 갈음하는 손.

콜라 먹고 춤췄지

이건 도무지 자꾸자꾸 새나가는 틈새에 갇힌 이야기
우리는 고아야, 아무도 먹을 거 입을 거, 주지 않아
주머니는 두 개
허기는 세 근
갈빗대는 열두 쌍
굶주림으로 빚은 늑골에 우리, 저마다의 이브를 품고
굶주림으로 빚은 늑골에 우리, 저마다의 아담을 품고
기포처럼 들끓는 오후가 지나면
수정 같은 밤
우리, 콜라 먹고 춤췄지
벽에는 거울
천장에는 거울
바닥에는 거울
우리 이마에도 거울
그래 세상엔 콜라란 게 있단다
늑골 하나 주시오, 문지기는 말한다
거울 하나 가지시오, 문지기는 말한다
스테이지는 어디요, 우리는 말한다
콜라에 주린 우리 하나 둘 모여들고
빈 콜라병처럼 빛나는 몸을 서로 비비며
우리, 콜라처럼 커가는 밤
우리, 콜라처럼 검푸르게 익어 터지는 밤
벽에 등을 기대고 콜라바라기 하는 고아야

너도 우리란다 이리 와 내 손 잡으렴, 하면 또
콜라 같은 세상
요원한 스테이지
우리, 콜라 먹고 춤췄지
우리는 고아야, 아무도 먹을 거 입을 거, 주지 않아
아침 해가 비추면 다시
자꾸자꾸 새나가는 버려진 틈새에 갇힌 이야기

간빙기

　얼음은 땅끝으로 물러나 있었다. 번개가 내리치는 곳으로 불이 쌓였고, 붉은 고사리의 무늬를 이루었다. 동굴 벽에 들소와 늑대를 그리고, 고개 들면 어두워지고 어두워지면 한 아름 불덩이를 들고 굴 깊숙이 돌아왔다. 이마로 물방울이 들 때 잠 속에서 얼음은 다시 하늘을 덮었다. 팔뚝의 털이 닳고 다시 자라는 속력으로 몇 날은 봄이었고 몇 날은 가을이었다. 구름은 얼음과 땅 사이에 불을 토해냈고 불이 떨어지는 자리에서 죽은 자를 묻는 오랜 연혁(沿革)은 비롯되었다.

　간혹 얼음 틈새에 갇힌 자들이 사랑했던 짐승의 얼굴을 뒤집어쓰고 태연히 뒤따라왔다. 새들은 얼어 뚝뚝 떨어졌다가 아무 일 없이 되날아가고, 날아가며 무리의 성별을 한꺼번에 훔쳐갔다. 서로의 수염을 바꿔 아랫도리에 턱에 붙이고 함부로 흘레붙다가 어느새 얼음벽에 가까워지면, 수정 속엔 잊혀진 가면을 실은 들소들이 느릿하게 걷는 거다. 어떻게 태어났을까? 죽은 자를 묻고, 불덩이를 던지며 서로 큰 눈을 뻐끔 뜨고 터럭 사이에서 가려운 곳을 짐작할 뿐.

　머리털을 뽑아 태워도 피를 쏟아 마셔도 다시 나무 위로 고사리 덤불로 기어오를 수는 없었다. 그러나 죽는다는 건 호소(湖沼)와 한몸이 되는 것이거나, 한몸이 되어 고운 가루가 되어 서로의 땀구멍에 스미는 것. 가죽도 이빨도 뿔도 꼬리도 없는 몸으로 기는 법을 배우는 것. 땅도 하늘도 녹아 스민다. 녹아 스미는 속력을 좇아 무리는 북으로 북으로 걷다 지치고 남고 남았다.

다시 수만 년을 얼어라. 얼다 지치면 하늘 향해 피눈물을 쏟아라.

꽃은 피고 주먹은 마른다

쉴 새 없이 전지가위를 놀립니다.
두 개의 惡 중에서 보다 덜한 것은 무얼까?
두 개의 가늠할 수 없는 善 가운데는 무얼까?

살충제와 소독약 냄새로 가득한 박물관에서는
머나먼 먼 유토피아가 무성으로 상영중입니다.

사무치게 아름다운 이 거리에서 싸움을 겪고
침묵하는 입술과 울부짖는 눈길이 태어납니다.

고기 한 점 없이

이것은 누구의 피일까?
이 쓰디쓴 맛은 누구의 것일까?

채증의 거리 물대포와 사랑스런 불꽃의 축제들 야윈 주먹
과 꽃가지와 꽃잎
점거 인도를 비껴서 낡은 정신병동 외벽과 익숙한 관광버
스 사슬 바우와우

발뒤꿈치에선 개가 짖어요.
이 짓찢는 혀는 누구의 것일까?

순하고 명랑하고 맘 좋고 인정이
있으므로 슬기롭게 사는 사람들이
그런 사람들이*

혈흔을 알고 있습니다.
누구의 피가 피어날까.
꽃은 피고 주먹은 마른다.

* 김종삼, 「누군가 나에게 물었다」에서.

합창

세면대에서
목 없는 몸이 일어난다
수납장을 열어 머리통을 꺼낸다
비눗갑에서 목울대를 꺼낸다
머리통에 목울대를 끼우고 부르는 노래

내가 욕조 속에 구겨진다
내가 변기를 타고 흐른다
머리통이 돈다
타월로 머리통을 밀자
두피에 묻어둔 고백이 돋는다
앞으로나란히로 머리통을 받치고
모가지에 핏줄 다발을 덜렁
머리통 악보를 읽으며 부르는 노래

시작의 목울대에서
끝장의 목울대를 향해
아르페지오는 한없이 이어져 빼곡하다
목울대에 피리를 꽂고 부르는 노래
목울대에 삽날을 박아넣고 부르는 노래

노래는 복수의 다짐 또는 다짐의 복수

대관절 누가 만든
머리통은 벙어리의 귀를 달고 있구나.

외경(外經)

나의 구약은 이제 마지막 절에 이르렀다

내게 올가미라도 주어진다면 어떤 짐승이건 삶아 바칠 제
단에 촛대는 무성한데

폴랑폴랑 떠가는 저 나비 날개에 실어 그대 쪽으로

사그라뜨리지 못할 엽맥깨나 파묻은 날 많았다

사몽의 칠엽수 그늘 아래,

돌아보면 그대라는 지문을 새기느라 멀개진 눈알

봄꿈, 불룩한 종기가 온몸에 옮아붙은 절름발이 되어

가시는 걸음걸음 환장이 되어

무슨 항복의 전령이나 되는 듯

고름 뚝뚝 듣는 갱지를 펼쳐 뿌리우리다

나는 화부

시커먼 불덩어리를 품에 안으면
나의 기차는 당신을 싣고 간다

당신은 모자를 까꾸로 뒤집어쓰겠지
모가지를 플랫폼에 늘어뜨리겠지

기차가 가네? 아파
당신이 태어나 내뱉은 처음 두 마디

당신의 웃음이 차창을 투과해 미루나무 너설에 감긴다

아파

뒷모습으로 달리는 기차가 있고
그림자도 펄럭펄럭 서산을 넘어요

나는 화부

제4부

너는 네가 먹는 그것이며
다시는 먹지 않을 그것이다.
　　　　　　　　　　—줄리앙 벡

위경(僞經)

우리가 다시 한 시절, 유고를 겪는다면 꽃을 던지고 난간에 매달리고 거리에 운집할까? 나날을 잊고 부모와 형제와 화환과 장의 행렬이 하나가 되어 손을 잡을 순간이 있을까? 모두를 파헤치고도 남는 것이 있다면? 무얼 더 물을 수 있을까? 무얼 더 물을 수 있을까?

*

강바닥에서 머리카락이 온통 하얗게 새도록 삽날을 세워 나를 깠다. 국문학사는 역겨워 그곳으로 돌아갈 순 없어, 시가 재밌나? 내겐 잡음처럼 지지직거리는 게, 등짐을 지고 호이스트카를 타고 철망 너머 하늘에 눈을 담그고 오르락내리락 그런 기분, 캠퍼스에서 내가 배운 것은 대머리 대통령들의 순환 주기와 혁명 계보로 기운 러시아사였다, 알아? 공사판 구멍 뚫린 아시바 위에서 배운 그것, 우리가 아무리 거대한 무언가를 세울지라도 지상에 커다란 구덩이부터 만들어야 한다는 것, 뿌리를 박고 기둥을 세우고 지반을 다지는 것도 아닌 구덩이, 그곳엔 우리의 피와 잡념이 묻히고 언젠가 광장이 된다는 것.

*

하지만 그것은 네 삶에 이미 갖추어지기 시작하는 진실의 기미를 느꼈기 때문이었다.

상당수의 남자들처럼 그곳에서 돌아와 그곳에 아련한 동물의 추억 한 자락 붙잡히고

아무런 분노 없이 자신을 얘기하는 그런 비극만 아니면 되는 것.

*

눈이 깊은 계곡이다. 주간훈련계획표를 만들고 작계를 따라 단대호를 꽂으며 밤을 샌다. 이곳은 내 삶의 페바 알파 정도라고만 해두자. 신물과 헛구역질 속에 시계가 돈다. 강돌을 주워 포병단장 집 연못을 쌓고 시멘트 독이 모두 빠질 때까지 정원을 지키다보면 해 지고, 라디에이터에서 뿜어지는 수증기에 엉덩이를 까고 줄빳다를 맞는 사역(死域)에서의 희열. 그런대로 재밌다. 다만 죽고 싶은 마음이 사라져 울적하다. 가끔 예초기 날에 베어져나가는 풀들을 볼 때면 이 삶이 마구마구 설렌다. 힘차게 무의미하게 베어 넘기며 돌아가는 모터.

*

―가자

―표 나? 납작한 구두를 신고 어정어정 걷다가도 혹시 생

리대를 한 게 들킬까

—……

—경리부로 옮겼어 정직원이고 왕고야, 서른넷이고 남자
친구는 더이상 날 믿을 수 없단다

—기다려, 손 꼭 잡고

—어둡다 그치?

—여긴 사람이 많이 죽더라

—저게 왕십리 하늘이구나

—그래

—넌 그대로구나 변한 게 없어

                              *

　유리병 속에 갇힌 곤충 표본처럼 조금만 더 표피 쪽으로
표피 쪽으로 움직일 수도 있지만, 불안은 작은 생식세포가
되어 원생동물처럼 기하급수로 분열해간다고 해도, 병색의
뺨을 비비며 서로의 옷깃에서 주검의 냄새를 맡는다고 해
도, 병적인 신경증과 무관심 속에 움직이는 작자(作者)는
상상력의 파쇼, 서정적인 정열 속에 재재바르게 죽었다, 아
무렇지도 않게 쓰고는.

　늑대는 잠 속에서 무리의 경험을 털끝까지 새겨 나르고,
　인간은 죽음 이후에서야 이생을 억겁 반추한다.

내 삶은 잠 속에서 교전 지도를 확장한다.

남양

　기차는 순천 가요 저는 순천에 대해 잘 몰라요 차장은 열차에서 내리는 법이 없으니까요 순천 갔다가 다시 북으로 북으로 올라가는 열차에 옮겨 타요 그런 내게, 친구는 순천 가면 역 광장에서 버스를 타고 벌교서 갈아타고 한 30킬로쯤 내려가보라고, 내 친구는 아침에 한 번 저녁에 한 번 전화를 걸어 사정을 해요 나는 차장인데 열차에서 내리는 법이 없는데, 객차에서 객차로 옮아가며 승객의 안색을 살피고 절을 하고 목적지 잃은 이들에게는 간이 차표를 끊어주고 안내 방송을 하고 열차가 멈추면 문을 열었다 닫았다 깃발을 흔들어요 플랫폼에 서서 담배를 태우고 다시 열차에, 열차에 몸을 옮겨 싣는데

　친구는 영문도 모르는 나를 붙들고 꼭 가달라고 남양이란 곳에, 남양이란 곳에 꼭 다녀오라고 그래요 남양은 하루 20시간이나 해가 비추인다고 오로라가 커튼처럼 흩날리는 강기슭마다 팔뚝만한 갈대가 자란다고 유자나무 끝에는 대롱처럼 생긴 노오란 집들이 매달려 있다고 나뭇잎 대문을 열고 처음 보는 정겨운 얼굴들이 손을 들어줄 거라고 일찍 죽은 심우(心友)들도 아름다운 시인들도 대롱 속에서 곤히 잠들어 계실 거라고 나더러 나뭇가지에 누워 늘어지게 한잠 자고 오라고, 나는 차장인데 열차에서 내릴 수가 없는데 어디에도 갈 수가 없는데 한심한 친구는 남양의 햇빛에 몸을 달구고 남양 냄새를 품고 와달라고 그래요 자꾸만, 자꾸만

이런 편지를 적어 보내요, 이 편지를.

Wolf Moon

기념식수, 죽었다.

죽이는 일, 소나무, 우리가 몰래 훔쳐 심은.

성준이는 현장을 떠돌다 설계 공부를 하다가 다시 현장에 발목 잡혔다.

병찬이는 정보과 형사가 되어 현장에 숨어 동태를 끼적이며 살아간다.

이 종이에도 무한한 현장성이 깃들일 수 있다면,

주말에는 일리야 레핀의 그림을 보러 가자. 그럼

공사 감독과 정보과 형사는 뭐가 이래? 머리를 긁적이겠지.

이런 시, 이런 시도 시라고 우기면 그럼 공사 감독은 또 뭐가 이래?

기념식수, 결국 죽이는 일,

죽기 전에는 온몸에 솔방울을 주렁주렁

마치 느꺼운 개구리 알에 짓눌린 빨대처럼 한구석에 처박힌

소나무, 우리가 심었지. 몰래 삽을 들고 달이 뜬 밤

나는 축시를 쓰고 너희는 처음으로 토목공학 실습을 마쳤다.

잎도 줄기도 없이 이제는 얼어붙은 붉은 동맥을 펼친 가지 위로

올 겨울에는 남양에도 큰 눈이 내린다는 소식.

한 아이가 있었다. 아이는 안방 문을 연다. 엄마 아빠는 쎄쎄쎄를 하고 있었다. 아이는 안 본 걸로 여기기도 한다. 아이는 악몽을 꾸기 시작한다. 은빛 달이다. 벌거벗은 나뭇가지에 일곱 마리 늑대가 앉았다. 늑대는 아이를 노려본다. 말을 무서워하는 아이, 여배우가 되고 싶은 쌍둥이 가정부, 늑대인간, 쥐인간, 뱀인간, 거미인간……

어젯밤 남양에는 큰 눈이 내렸다. 우리는 온통 하얀 운동장에 벗은 몸으로 누웠다. 죽은, 소나무 위에 세 마리 개호랑이가 앉아 있었다. 우리가 누운 자리는 봉분이 뭉개진 무덤이었다. 수은 같은 커다란 달이 코앞에까지 바짝 다가와 있었다.

기념식수, 죽었다, 결국 죽이고 마는 일
기념식수, 애초부터 그런 일은 없었다, 우리가 몰래 훔쳐 심었다는
이런 시, 이런 시 성준이 병찬이만 안 보면 그만인 이런 시도 모두 픽션.
남양에는 화장장이 들어선다는 소식.
아버지들이 농구(農具)를 들고 붉은 띠를 이마에 두르고 결사반대로 몰려갔다는 소식.

학교는 곧 없어질 거라는 소식.

잘 자.
달 떴다.

* 인디언의 1월, 추위와 큰 눈 속, 마을 밖에서는 늑대의 울음소리가 들려온다. The Full Wolf Moon. 1월의 보름달.

우주 백반

여자는 백반처럼 늙었다.

밥 덩이 손 뭉치에 비닐장갑을 끼고
국 기운이 붐비는 밥집 구석에서
자주 수저통을 놓치는 여자는
비도 오지 않는 쌀뜨물 구름 아래
밥 쟁반을 이고 종종걸음 치는 여자는
찌그러진 국그릇에 늘어진 젖통을 담은
브래지어를 자꾸만 추이는 여자는
삼합처럼 푹 쉰 몸뻬에 갇혀

후추처럼 쇠잔한 터럭을 함부로 발기는
여자는 밥 쟁반 위에 춤추는
굽어 쪼그라든 팔을 무당처럼 놀리는 여자는
간판 속에서 24시간 누룽지처럼 굳어가는 여자는
달덩이를 끌어당기는 국자 속에 찌개는 파도치고
피로한 두 눈을 소처럼 끔벅이다
혼자 소주잔을 기울이다 여자는
하초로 흐르는 짙은 피를
갈앉히다 주방을 나서다 밥집 셔터를 내리다
천장의 미등이 죄 꺼지도록 밥집 거울을 노려보는

여자는 백반처럼 늙었다.

청상

　안개를 헤치고 나오니 아비가 죽었다 눈썹과 머리칼이 온통 하야니 좋아라 좋아라 웃는 아이도 있다 반으로 가른 농약병을 신고 눈길을 미끄러지거나 손목이며 목청을 딴 식칼을 투바이포에 박아 얼음을 지치거나 마찬가지, 과부 집 담벼락에는 가시나무를 심지 않는다 온통 버러지 세상을 살지만 천생이 개맨드라미보다 못한 혓바닥들이 저이끼리 수군거린다

　오죽하면 푸른 치마를 두른 술집 년의 노래라 했을까? 장판을 걸으면 농약이나 식칼이 노랗게 덧칠해 화폐개혁을 까먹은 500원권 지폐가 놀놀하니 납작하고 자식은 천덕꾸러기나 되어 친구들이 까고 버린 부뚜막 밤 껍질을 태워 대나무를 구부린다 노을, 그 활이 겨누는 것은 니기미고 그 살(蘇)이 날아가는 바다는 항시 씨펄, 오징어꽃 겨울과 밤꽃 봄을 지나도

　이장은 사망신고서 몇 통을 주머니에 우겨넣고 신작로를 재촉하는 언덕 머리 지붕 꼭지서부터 썩은 짚단이 툭 툭 떨어지고 사방치기 하던 자식새끼는 구멍 난 머리통을 싸매고 정주간 마른 솔가지에 벗은 등을 찔려가며 처운다 그래 누구 하나 새벽길을 쓸지 않는 입동 지나고 경칩까지는 따뜻했지

농한기 동각 마당서 성마른 농투성이들이 서로 저이 멱살을 쥐어뜯을 때

　청상, 겨울 모시 잣다 입술이 다 부르텄다.

에밀

전년에는
어미가 죽은 새끼를 낳았고
아비는 소 묻는 시늉만 하고 염통을 꺼내 먹었다
아궁이에 불을 지펴 대나무를 구부리고
구부린 대나무에 나일론실을 매고
수수깡에 대나무 촉 꽂고 닭 털 붙여 뛰쳐나가는
아이는 애먼 새끼 소 무덤에
염통 없는 새끼 소 무덤에 활질을 해대다
진흙이 다 먹어치운 종아리는 밤새 남아나지 않아
정지문 대청에도 잠드는 이 하나 없다
그래도 금년엔
백열등 마당을 비칠거리는 송아지
제 어미 염통 먹은 아비 손이 뱃속으로 쑥 들어갔다
꿰차낸 송아지 백열등 아래
태반을 뚝뚝 들으며 뛰는데
머리는 차게 하고 발은 뜨겁게 하라
머리는 차게 하고 발은 뜨겁게 하라
감나무에 표창을 박으며 되뇌는데
아이는 항시 가슴께가 먼저 들끓는다
들끓어도 먼저 들끓느니 새끼 소는 수소가 되어 불알 덜
렁이며 천지사방 갈아엎는데
갈아엎으며 장딴지 굵어 어느새
소꼬리 땅을 쓸고 영문 없이 사라지는데

사라지는 음메에 소리마다
네가 소 새끼냐 사람 새끼냐
네가 소 새끼냐 사람 새끼냐
양말을 두 겹째 끼워주며 아비는 또
널 대처로 보내는 것이 아니었다
널 대처로 보내는 것이 아니었다
박박 밀어올린 머리를 긁적이는
소 새낀지 사람 새낀지, 비칠
여태 제 갈아엎을 땅이 없어
허공에 두 다리 쑤욱 들리고

조청

죽은 형이 천장에 매달렸다

거무튀튀한 혀가 축축 늘어졌다
　　저 불 좀 끌 수는 없긋냐
할머니가 간장 종지에서 손톱을 건졌다
　　깍두기가 참 맛나다
막내가 숟가락으로 개미떼가 들러붙은 사탕을 긁었다
　　빌어먹을 스뎅 이것도 밥상이라고
죽은 형이 고무신을 내려 할머니 머리카락을 뜯어 먹었다
　　씨벌 암만 모가지가 수챗구녕이라도
검버섯 자라는 감나무 둥치를 기어서
　　넌 여지껏 막차로구나
여동생이 책가방을 집어던졌다
　　너만 오면 날이 궂는 것이
어머니가 볏짚으로 놋그릇을 닦아 한참이고 얼굴을 비추
었다
　　오늘은 아버지 결혼이에요
할머니가 선지가 뚝뚝 듣는 살걸레를 놋그릇에 담았다
　　넥타이도 없다드라
어머니가 뚜껑을 밀치고 할머니 혀를 뽑았다
　　잘 먹었다 아가
거무죽죽 굳은 입술이 툭툭 부서졌다
　　드릅게 맛없네

온 식구가 천장에 올라붙었다
　　　인자 불 끄자

죽은 형이 열두 점을 쳤다

한센이라는 이름의 병

눈이 씨앙씨앙 내리는 날에는 보리를 밟아도 좋았다 뿌리가 튼실해지니까.

웃자란 보리가 눕고 또 눕고 아이가 태어나면 그 아이는 보리 새끼, 보리 새끼는 까진 새끼 어쩌다 그렇게 까졌을까? 얼굴이 뭉개지고 손가락이 뭉친 할미가, 비가 오는 날 억수가 퍼붓는 날 비안개를 헤치고 썩어문드러진 살구를 팔러 오면 기분이 좋을까? 어미들은 숙제도 안 끝났는데 소 치러 가라고 종용한다. 토끼풀은 냄새가 참 지독해, 이 무덤엔 절을 세 번 해야 해, 나무 위에 집을 지으면 땅으로 다시는 내려오지 않아도 될까?

얼굴이 뭉개지고 손가락이 뭉친 할미가 살구를 팔러 오는 장마, 장마철에는 항아리에 들어앉은 떫은 감처럼 동생들을 붙안고 오들오들 떨다 지치고, 꿈은 삶을 어떻게든 추숙(追熟)하고 말아. 봄에는 감꽃이 참 노랬지. 감꽃 목걸이는 지희에게 미영에게. 불알이 불알이 퉁퉁 부어서 샛노래져서, 요강에도 자지가 들어가지 않으면 그땐 사람이 죽는 건가? 만장이 먼저 나가고 동각에는 술 취한 무리들. 모두가 땅을 헤칠 때, 불알이 퉁퉁 부어서 날아간 이의 집 뒷마당에서는 옷을 태우지.

들보에서 감나무까지는 빨랫줄 빨랫줄을 추이는 간짓대,

불알이 퉁퉁 부어서 세상을 떠난 이의 옷을 태우는 날, 하필이면 간짓대에서는 물방울이 뚝뚝 듣고 어미들은 검은 바탕에 하얀 물방울무늬 원피스를 말리는 걸까?

포역(暴逆)의 무리여, 번개의 섭리를 알고 있다

서울시 은평구 신사2동 비단산 산딸기 밭에 첫 시집과 얼음과 밑창이 나간 하이힐을 묻었다.

*

얼굴에서 이끼가 자란다. 썩은 비가 내린다. 물큰한 내음이다. 죽은 할아버지와 나와 내가 싫어하는 인간이 나란하다. 뱀골 바위를 굴린다.
　―이러다 우리 죽어요.
　―沃아, 할아버지 좀 말려봐라.

*

할아버지가 돌아가셨다. 할아버지가 돌아가시는데 새벽까지 술을 먹고 임종을 못 지켰다. 어머니는 넋이 나가 전화하셨다. 아야, 니가 와야 쓰겄다. 대전까지는 택시를 타고 가면서 울었다. 울음이 그치고 버스를 탔다. 아버지는 제정신이 아니었다. 할아버지 묘소에 시집을 부장했다.

*

순천여고 H와 공동번역성서를 읽다가 그만두었다. 서광서점에서 실력정석을 훔치다가 걸렸다. 남파에 끌려갔다.

21세기음악사에서 레드 제플린을 두 장 샀다.

*

—너희 아버지는 쓰레기 새끼야. 차라리 네 동생이 네 아비이기를 바라라.

—뭐라고요?

—네 아비는 쓰레기라고.

—다시 말해보세요. 아저씨.

—싸가지 없는 근본 없는 새끼.

—뭐! 이 썹새끼야.

—저, 저, 어린 새끼가 2년을 키워줬더니.

—하숙비 꼬박꼬박 내고 사는 겁니다. 우리 아버지가 뭐요?

—냅둬요. 싸가지 없는 남의 새끼.

—아줌마?!

*

—지원이는 오늘 시를 썼어요.

—그래?

—봐요. 안녕, 나의 근육 너는 오늘 계란만큼 컸구나.

—……

—삼촌?

—······

네 여린 살갗에 빛을 내려주기라도 할 듯이.

삼촌은 내내 걷고 멈추고 우러르고 우는 삶이다.

지원아, 삼촌도 시라는 것을 쓴단다.

*

틈이라는 말과 손바닥이라는 말과 귓불이라는 말을 종교
와도 같이 사랑한 나날이었다. 언제나 무언가를 해나갔기에
언제나 무언가를 해왔다고 스스로를 위로했지만, 이렇게 또
나는, 아무것도 하지 않은 것만 같아서 내 사랑은 언제나 무
위였다. 나는 베옷을 두르고 재를 흩어 뿌리던 자로, 죄와
무위를 짊어진 비렁뱅이로 남으리라.

내 사랑은 아무것도 저지르지 않았다.

*

못줄을 잡았다. 노래 불렀다. 양둔벙 논 가운데 바위를 들
어내면 오죽 좋을까? 경운기 한 대 사면 좋겠다. 나는 아버
지가 싫다. 우리 집 논가에는 다 바위밖에 없다. 양둔벙 논

옆에 바위에는 파도 자국도 있다. 우리 집은 원시시대다. 아부지는 괜히 이장을 해서 동네 사람이랑 친척들이 미워한다. 아버지는 옆집 아재와 싸우고 논길도 잃어버린다. 아버지는 내일모레 민정당 전당대회 간다. 민정당 전당대회. 새마을지도자대회. 잘만 하면 벌교서 녹동까지 큰길이 생긴다고도 한다. 그러면 좋겠다.

*

　당신들의 고통과 그 고통의 질을 걱정하는 당신들은 결코 당신들의 고통의 원인인 그가 사라졌다는 것을 결국에는 고통의 그가 죽었고 고통이 떠났다는 것을 상상하려 하지 않는다. 누군가 당신들의 삶에서 결국은 빠져나갔고 당신들은 많은 것을 잊게 되리라는 것을, 당신들의 고통과 당신들의 그 고통의 질량과 무게 속에 당신들의 꿈을 가두기에는 당신들의 현실이 어떠한 편경(偏傾)에 함몰되는 것은 아닐까? 조금씩 시간을 바꾸고 거울을 바꾸고 표정을 바꾸고 거울을 버리고 표정을 버리고 삶을 누군가에게 주고 남기면서 잊어가고 아주 오랜 시간이 흐르면 어깨 위를 비뚜로 흘러내린 빨간 원피스를 입고 광장에서 손가락질 당하며 웃는 오만한 당신과 나의 아주 우스운

　식생(植生)

포역의 무리여, 번개의 섭리를 알고 있다.

*

해 질 무렵에 꺾은 장미꽃 이파리만큼 유나
아침노을 깔리는 무덤가에 심은 당근 꽃봉오리만큼 유나
비 오는 오후에 네게 불러준 〈내가 만일〉 화음만큼 유나
잠들기 전 짜증스런 울음을 터뜨리는 아가의 하품만큼
유나
아라비아 말이 까꾸로 새겨진 리코더 음으로 보듬은
30,000미터의 리본으로 두른
우정을 아끼지 않는 두 어깨에 얹힌 한 장의 스카프로 감싼

유나

*

우린 오늘 이날을 어느 평범한 천변을 함께 걸었던 것만으
로 기억할 수도 있을 거야 서로에게 다가서 이마를 마주 대
고 눈을 감았다가 다시 눈을 들여다본다면, 내 사랑, 벽아,
너는 밤새 젊어지고 밤새 늙어가고 알 수 없는 곰팡으로 추
레했다가 또 사랑스럽게 나를 보는 것을 또

얼마나 이력해야 이 삶을 온통 이력할 수 있을까?

이 삶은 저지르자.

*

33. 섹스를 하지 않고 보내게 될 이 여름은 얼마나 낯설까!
뼛속에 새겨놓은 위악의 더러움으로 나의 구약은 계속
된다.

*

1984년 9월 29일 날씨 구름.
'낙시했다 두마리잡았다 옷이배랬다 엄마 머라고 그랬다'

　　※ 쓴 사람 : 옥
　　※ 참 잘했어요 ⓤ

107

간척지

간다. 가서 말라 엉겨 엉긴 잘피숲에 눕겠다. 소금내 폴폴 거리는 갈라터진 틈새기, 틈새기 숨겨둔 돌을 찾아 두 손에 품으면 따수군허니 잠들어라. 잠든 내 안에서 꼬막 알맹이 같은 눈알 저쪽 깊이 깊이로 우련한 빛이 쌓이고, 개토(開土) 복토(覆土)로 개토 복토로 쌓다 뒤집다 못다 한 내 안 경지 정리의 끝 언저리에 가닿아라, 거기

주저앉아, 엉덩이 골이 진흙 뻘을 삼키는 줄도 모르고 주저앉았다. 썩은 함초 갈잎 부들은 내 안 썩어가는 잎사귀 층을 한 겹 두 겹 헤아리겠다. 마치 오래전에 그런 듯이 살가죽은 진흙 뻘이 되어 손발을 묻으면, 내 잠의 잠 속 보드라운 꼬리처럼 잠지는 일어서라, 맑은 물방울 간당간당 매달고 일어서는 내 잠의 잠지 속에 커가는

어느 해, 마른 잎 떨구는 사방나무 가지가지로 빛살 쏟아지고 잘 썩은 거름내 송진내 진동하면, 땅거죽을 뚫고 이 生쪽으로 푸릇푸릇 곤고한 모자를 틔워 올리는 작디작은 싹을 보아라. 피고 지고 해 뜨고, 소리 소문 없이 위산에 녹아 사라지는 밥찌끼 같은 네 삶도 부디 달떠라. 꿈의 실핏줄 아래로 따스한 차양 친 좁디좁은 수로
간다

물풀

강에 선다
눈길은 수면을 타고 넘는 그림자의 배후에 던져두고
울분은 발끝에 가로놓인 젖은 것들 틈에 흐너질 때
흔들려도 굽지 않는 물결에 온갖 파동과 고요가 자고

저희들의 질서로 저희들의 목구멍을 잠근 채
저희들의 질서로 저희들의 한도 안에 모인 채
깜깜하고 차디찬 깊이에서 남은 온기를 끌어올리며
끝끝내 시작되는 아슬아슬한 구도를 마저 쓰려 하는

한 잎이 한 잎을 기어오르고 미끌리고 구르다가
한 잎이 한 잎을 부딪치고 압사하고 반짝이다가
한 잎이 한 물이랑을 안으로 내오는 질서
한 잎이 한 물이랑을 밖으로 들이는 질서

안팎에서
찬찬히 어두워지다가 스미고
스미다가 번지고 날카로워지다가
칼날처럼 벼리고서 강에 선다

낚시철

네가 아무리 고길 많이 잡아와도 난 기쁘지 않아 그렇게 더러운 옷을 해가지고 길거릴 싸돌아다닌다는 게 난 창피할 따름이야 정적, 정적을 먹은 대나무를 말리고 또 말려서 나 일론 실을 매고 돌을 매고 바늘을 달고 넌 또 땅까지 헤집지 않아? 헤집어서 지렁일 실타래 같은 지렁일 한 움큼씩 잡아 내고 무얼 할 요량인지 난 궁금하지도 않아 옷이 그 하얀 옷 이 더러워지면 어떻게 빨까 하얀 옷이 더러워져 하늘로 하 늘하늘 올라가면 또 비가 오고 비 그치면 멀리 구름은 또 하 얗게 빛나지만 구름이 비추이는 물그림자를 또 어떻게 너는 끌고 예까지 걸어오니

낚싯바늘이 갈대 뿌리에 걸렸다 오래 잡아당기니 노을이 딸려왔다 이마가
이마가 붉게 물들고 갈잎 부들에 꿴 고기 아가미가 푸득 푸들
이런 걸 두고 어른들은 시간이라고 부르지 푸득 푸들

몇 시간이나 비가 퍼붓고 퍼부어 창호지가 젖어가고 젖어 가는 들창을 열어젖히면 하늘에 오래 굳어 멈춰 선 새떼가 보이지 이따금은 새떼를 향해 손을 흔들어주는 거야 소나 기가 퍼부어 거세어지면 물방울을 딛고 하늘로 날아오르는 고기들이 보이지 물방울에 몸을 섞어 마치 동아줄처럼 물방 울을 딛고 잡고 몸 섞어 하늘로 오르는 고기들 미꾸라지랄

까 가물치랄까 그건 아마도 이무기나 용이겠지 넌 그걸 잡
을 수나 있겠니 네가 아무리 고길 많이 잡아와도 난 하나도
기쁘지가 않아 올해는 윤년이고 윤달에 태어난 고기는 살점
이 질기다고 하더구나 네가 태어난 날 하필이면 네가 태어
난 날의 고기를 잡아들고 오는 넌 또

　자전거가 어디 갔을까 바위에 매놓았는데 하늘로 날아갔
나?
　검은 비닐봉지에 비늘이 하나 둘 셋 떠오르고 귀찮게 헤
아리다보면
　아가미가 닫히고 그런 걸 또 죽음이라고 부르는 빙충이들

　난 정강이까지 푹푹 빠져드는 대나무 밭을 헤매고 있다
헤매고 헤매다보면 무릎이 거짓말처럼 사라지고 없는 거야
세상에서 세상에서 제일 커다란 대나무를 눕혀 구르고 굴러
뛰어오르면 어디론가 날아오를 수 있지는 않을까 오늘 같은
날 얼굴 가득 생채기를 안고 집으로 돌아와 바람을 토막 치
는 댓잎을 헤아리는 거야 저수지에 빠져 죽은 아이들을 생
각하며 물고기를 굽고 튀기고 썰어 국 끓이다보면 정적 속
에서 별안간 정적 속에서 저녁은 자라나오고 저녁마다 넌
물고기를 들고 오지 한사코

　구름이

— 구름이 어디 갔지?
너무 어두워 무섭지 않니?

돈사 외인 출입 금지

생전에 절름발이는 아주 강한 줄을 썼다. 지금에서도 그
것이 생황이었는지 아쟁이었는지는 불분명하다. 누군가는
그의 재능을 시기한 신이 경운기 엔진에 설탕을 넣었다고도
말한다. 설탕은 모든 것을 굳게 만든다.

돼지우리에 우리 밖 사람이 들어서서는 안 된다. 돼지 분
뇨는 아무짝에도 쓸모가 없고 순식간에 강이 썩었다, 그렇
게, 강이 썩었다. 출입 금지 표지판 안에는 절름발이가 살았
고, 그는 종이었고, 그는 왕이었고, 그는 독재 정당 깃발 아
래 살았다. 푸른 바탕에 네 번 꼬인 붉은 연체동물, 그것은
정치였고 정당이었다.

돈사를 넘어 배밭, 배밭을 넘어 칡넝쿨, 아이들은 넌출넌
출 자랐다. 아무도 모르는 무덤의 풀을 뽑다가, 우울해지면
절을 두 번 세 번 연거푸 하고, 어디로 도망갔는지 모르는
소를 쫓다가 차디찬 마음으로 배를 훔치고 칡을 파내고 아
무도 오지 않는 무덤의 풀을 뽑고, 절을 연거푸 하고 뮛잔
등에 또, 눕는다.

배꽃이 피고, 칡이 패어도 아이들은 콧등을 비틀어쥐고 '돈
사 외인 출입 금지'로 길을 재촉해 절름절름 외지로 팔려가
는 것이다. 신작로 건너, 배밭 건너, 또, 누군가 칡뿌리를 불
며 절름절름 돌아오는 것이다.

옥수수족

족장 선거는 언제나 노을 속에서였습니다
해가 지면 하늘 향해 강을 건넜지요
강 건너면 캄캄한 어둠 속에
무력무력 자라는 터럭들
움직이지도 못하고 부풀어 푸르딩딩한 몸피들
던져두면 거대한 짐승이
내장을 꺼내가고 눈알을 뽑아가고 불알을 훑고

그렇게
먼저 썩어 먹어치워지는 것들
그것들이 우리를 세우지는 않았을 테지요
우리에겐 아직 할 말이 없습니다
닳아빠진 몽당수염처럼
푸르딩딩한 몸피마저 모두 삭아 날아가면
하얀 나뭇가지들이 뒤엉키다 제 풀에 숨죽여
스러질 뼈들을 기다리며 자라는 터럭들

뼈를 긁고 붙안고
끝끝내 놓아주지 않는 검은 손톱들
끝끝내 온몸은 눈알이고 이빨인데
천둥이고 벼락이고 불덩어리고
말이 없는 우리에게 당신은 없습니다
옥수수를 떠난 수염처럼

족장은 애초부터 없었습니다.

브라스의 계절

그리하여 위대한 지상의 산문(散文)이 도래했다.
브라스의 계절이었다. 나팔꽃 모양의 대롱과 빛나는 잎들이
차례차례 곡조를 맞추었다. 부코비나 집시 교향곡의 한 모퉁이에서
우리는 실로폰과 반도네온의 곡조를 흥얼거렸다. 복숭아뼈가 아름다운
복숭아뼈가 날선하게 올라붙은 소녀와 오래고 긴 대화를 나누었다.
술 조금
담배 약간
밤은 깊었다.

어느 시대고 변하지 않는 정수가 있게 마련인데 그것은
그대와 사랑의 편재이다. 바람은 불어오지만 하늘은 하나
구름이 흐너지는 순간 그대의 생사는 간단없이 부정된다.
그리하여 위대한 지상의 산문은 살아남는다.
음악도 없이 색깔도 없이 모두가 하늘로 날아가버린다면
무엇이 남겠는가?

그대는 마지막 호흡의 순간 떨리는 손으로 천장을 한번
가리켰다.
구멍 난 이마 위 손바닥만한 들창으로 밤이 궁륭처럼 빛

나고 있었다.

수술은 성공적이었다. 우리는 그대를 수술하고 죽음을 심장 가까이에

차라리 죽음을 심장 가까이에 넣어둔 것인지도 모른다.

그리하여 다시 한번 죽음과 그대의 편재만이 유일한 정수임을 우린 깨닫는다.

—아파?

—응

—어디?

—인생.

그것이 마지막이었다.

그대의 머리맡에는 뜯지 않은 요구르트가 덩그러니 놓여 있었다.

곡우(穀雨)

1

근방이면, 항시 비 내렸다 비 내려 꽃잎이 더럽게 흩어지
는 거였다

조부는 흩어지는 꽃잎을 좇아 도 경계선을 넘어 진해 갔
다 군항제

라고 했다 벚꽃이 만개한 봄이 계속되었다 벚꽃은 어디든
환장하게 폈건만

당숙들은 앞산으로 뒷산으로 농구를 들고 바지런히 올랐
다 악산(嶽山)이로구나

아비는 말했다 악산(惡山)이로구나 신작로를 걸어 오르
며 얼마 된 흙탕물 웅덩이일까?

웅덩이에 선연히 떠오르는 그림자들

2

오토바이를 타고 학교 가는 기분은 어떨까? 만일 그런 속
력이 내게 주어진다면

저 악산을 기어서라도 내가 좋아하는 그 녀석과 한 대거
리는 할 수 있지 않을까?

경운기가 지나간 흙길 가운데는 유독 질경이 명아주 대쑥
이 철모르고 솟고

길이 산이로구나 길이 산이여 말하며 어미는 또 새참을
짊어진다

쑥정일 걸어내며 단어장을 외다가 거름종이에 흙탕물을

걸러내다가 이런 병신 같은

짓은 또 왜 학교에서 배우는 걸까? 염기성 용액에 시료를 뿌리고 생전 처음 본

투명한 보랏빛인데 생전 처음 본

3

아침엔 도롱뇽을 잡았다 도랑에 즐비한 개구리 알을

개구리 알을 퍼먹는 심정으로 처음 요구르트를 떠먹고 아이들은

구토를 일삼았다 뒷산을 헤매다보면 낯모를 무덤가에 까마귀 두엇

뼈를 발라놓았다 뭘까? 막대기로 뼈를 뒤적이다가 온 동네를 헤집어놓고

남의 집 처마에 불을 지르고 도망 다니다 해질녘이면 산 너머 동굴에서 잠지를

잠지를 꺼내 키웠다 줄였다 누가 더 큰지 누구 굴이 더 멀리 나가는지 그 짓에

지겹다가도 나무 위에 집을 짓고 마치 허클베리 핀이라도 된 듯 톰 소여라도 된 듯

아 어른 짓은 피곤하구나 막걸리를 너무 먹었다

4

모두가 앞선다 하나가 떠나면 하나가 돌아오고 하나가 버

려지면 하나를 껴안는다

　다 그런 거제, 불까기가 끝난 돼지가 육질 좋은 울음으로
오잉크 오잉크

　커단 귀를 펄럭인다 뭐 또 들을 만한 거 없나? 하고

　세상에서 가장 위대하고 독자적인 정부(政府)가 해질녘
마다 한 밥상에 모여 앉는다

　조선간장 달이는 냄새 속에 누구는 쪼그라들고 또 누구는
크고 농사월력 24절기가

　연년세세(年年歲歲) 푸르다

제5부

每憎長技呼名鳥
—이언진

발라드
─박용하에게

이 삶은 가설이다.
나는 늙었다.
나는 불가능하다.
당신의 우연이 허다한 나의 말을 불러들였다.
나는 불가능하다.
나는 글을 썼다 척추가 휘었다.
이 삶은 가설이다.
그러하기에
당신의
순례는
"가시밭과 자갈밭과 가시덩굴에서 시작한다.
길은 밭으로 막혀 있어도 계속되어야 하고 다른 이의 곡
식을 짓밟아야 한다.
그 여정은 죽을 때까지 이어지며 그 죽음은 다른 이의 수
확이 된다."*
이 삶은 가설이다.
잘 다져진 길은 금지되었다.
불가능하다. 나는 늙었다.
허기여 나를 이끌고 가라.
나는 나를 구조하라 나는 갇혔다.
가설의 폐자재 더미 위에
앉아 있다.
앉아 있어요.

노선은 아름다웠죠.

교외의 멜랑꼴리가 우리를 늙은 어미의 젖처럼 안아주었
습니다.

우린 우리끼리 이야기하기 위해 가끔은 버스표를 샀습니다

차창으로 쓰러지는 나무를 보았어요

그래요

이 땅의 나무는 이 땅의 융털이다.

비무장으로 물들여오는

이 땅의 노을을 소화한다.

반도적인 직립으로

이 삶은 가설이다.

우주를 마름질하는

우듬지에

솔기 하나 거치지 않아라.

꿈에

개마고원을 보았다.

이 삶의

춤꾼들의 정원.

무수한 고꾸라짐으로 넋 놓고 몸 비트는 패착으로 거꾸로
매달려보는 저 감은 혜뜸

대체 불가능한 기표

아우라의 감은 흐너짐

추동하는

엘레지
나무랄 데 없는
오드
가설의
리프의
역상
당신의 이퀄
추어는 위대한 동지가 아니다
당신은 위대한 동지다
당신은 글꾼이지만 밤이면 상인으로
변해요 얼굴이 하얀 아이가 왔다
그것은 폭풍이었다 포도도 덩굴은 한 송이
저마다 다른 씨앗을 품고 운다 세상에
이거 좋아요 굉장해요 당신 땜에
알게 됐어요 세상에 젤 좋아하는 사람이랑
이거 즐기게 되어서 정말 좋아요
고마워요
덕분에 오늘은 정말 잊을 수 없는 나날이에요 세상에
이거 없다면 아마 난
노예가 되거나 입맛 떨어지는 당신의 혀가 될 거예요
채찍이 있겠지요 넘을 수 없는
우리
넘을 수 없는

벽에 못을 박고

난 해가 지는 게 싫습니다

어두워지면 난 할 수 없으니까요

새

새장과

눈이 빨간 나의 새

새

새장과

돈보다도 작은 나의 새

너의 2인칭은 어느 하늘에 있어요?

새

나의 세포벽을 헐어

날개를 기워 입은

이 시의 제목은

제목에도 눈이 내릴까

그곳에도

겨울은 찾아올까?

백 년 전

어제가 바로 당신의 겨울입니다

그러면 좋겠습니다

* 아우구스트 스트린드베리. 언젠가는 삶이라는 시를, 시집을 쓰겠지요.
  새절 과수원에서 당신께. 이 헌시를 칩니다.

윅또르와 나
— 다닐로 키슈에게

　야생 호랑이 가죽을 뒤집어쓰고 쫓기듯 허적허적 피신하
는 그를 본다 지구상의 모든 신들이 한꺼번에 점지한 마지
막 날인 듯, 바람에 쫓기는 구름처럼 적진을 향해 돌진하는
그를 본다 타버린 민둥산 그루터기 위에 앉아 나이테의 중
앙에 단도를 꽂고 어느 완고한 미학주의자와 에로스와 윤리
에 대한 무모하고 또 격렬한 논쟁을 벌이는 그를 본다 인두
로 달군 태양이 작열하는 남국의 항구 등대에 앉아 핏물 든
는 륙색을 헤치고 머리칼을 쥐어뜯으며 논쟁의 대가로 거머
쥔 이름 없는 논객의 성대를 꺼내 헤아리는 그를 본다

　자유와 폭정과 피정과 봉기와 군정과 왕정과 복고와 혁명
과 보수와 극렬이 무수히 갈라지고 다시 잇대기를 연거푸
반복하는 이국(異國)의 시골 골방에 앉아 전파의 계시를 듣
는 그를 본다 갈라터지는 단어들 떠돌다가 다시 뭉치는 발
음들 하늘에 교교히 떠가는 의미들을 뒤집어쓴 채 낡은 책
장 속으로 고꾸라지는 그를 본다 허리에 포도주를 가득 채
운 수통을 차고 낡은 노트 한 권을 껴안은 채 손가락을 하
나씩 하나씩 꺾으며 자신의 품에 안겨 죽어가는 작은 반도
의 작은 시국(詩國)의 동포를 애써 흔들어 깨우는 그를 본다

　성역(聖域) 안쪽에서 밖을 향해 핏발 선 기도문을 읊조리
다 끝내는 실신해 쓰러지는 단식 노동자 넋이 나가버린 최
후의 전갈을 듣는 그를 본다 더러운 붕대를 빨아 발목에 동

여매고 구름 언덕을 향해 걷는 그를 본다 세상에 나오지 않은 언어로 세상에서 처음 보는 하이얀 피부의 발가벗은 아이에게 자장가를 불러주는 성녀처럼, 마침내는 쓰러진 그의 이마를 쓸어내리는 아내에게 대답을 건네려 대쓰는 그를 본다 한 됫박의 물을 벌컥벌컥 들이켜는 그를 본다 반쯤 잠이 든 채 꿈을 꾸듯 미친 듯 낡은 수첩 위에서 활을 놀리는 그를 본다

뒷골목 지하 클럽에서 술집에서 바에서 세상에는 흥미를 잃은 감상적 아나키스트 동맹이 부르는 철지난 엘레지에 장단을 맞추며 고개를 끄덕이는 그를 본다 편두통과 안구 충혈과 복통의 길을 걷는 그를 본다 벌거벗은 몸을 웅크리고 자신만의 사령부를 향해 죽을힘으로 모스 부호를 타전하듯 노래를 이어가는 그를 본다 핏덩이와 정액과 밥찌꺼기와 넝마가 쌓인 욕조에 몸을 기댄 채 면도기로 인중을 밀고 있는 그를 본다 붉은 양초를 밝히고 낡은 경전에 영혼을 숨기는 그를 본다 마지막에는

바다를 마주한 절벽 초막에 앉아 종일 똑같은 노랠 부르고 종일 똑같은 글귀를 뒤적이고 종일 취해 잠들었다가 영영 깨어나지 않을 것처럼 부러, 힘주어 눈을 질끈 감는 그를 본다

* 최 윅또르의 〈슬픔〉을 들으며 글을 읽으세요.

노란 스웨터를 입은 잔느
—모딜리아니에게

아메데오
당신이 발작 흉상을 돌며 춤추고 춤추다 지쳐
발작 발작 발작으로 몸을 누이는 바닥에 난
더는 꿈꾸기에도 지쳐 이렇게 밑을 닦아요
하얗게 당신이 버린 이젤
하얗게 당신이 내지른 음영

아메데오
당신이 죽어서도 못 그린 눈알 아래 붓끝을 겨누고
취기는 치달리고 치달려 압생트 허방에 흐너지는데

이 추레한 캔버스를 닦고 또 닦아 언젠가 우릴 잠재울 이 불이 될 때까지

　이 추레한 캔버스를 닦고 또 닦아 언젠가 우릴 실어갈 구름에 돛 달 때까지

　아메데오
　아메데오
　*한밤에 윈무를 추고 추다가 우리는 불에 타 없어지리라**

* 기 드보르의 영화 제목.

혁명 전야를 향해 달리는 사마르칸트 기병대의 밀지
— 박정대에게

가장 긴 밤의 오후가 밝았다
장 드 파, 못다 한 노래는 얼마나 되는가
그대가 남겨둔 피오르드 그리고 시계탑
가장 긴 밤의 오후를 노래하는 회한의 손가락

무현금
하르모니움
하프
하품 속에 음악 같은 눈발이 달그락달그락 퍼붓는다

*

12음계의 담배연기, 그리고

시집 한 권, 빵 한 덩이, 포도주 한 병

장막 뒤에 숨어 있는 〈나 속의 그대〉
그것을 밝혀볼 등잔을 찾아 / 두 손 들어 어둠 속을 헤매었으나

밖에서 들리는 그 한마디는 「눈먼 〈그대 속의 나〉」*

담배연기의 12음계, 그리고

*

물살에 떠가는 우편함 그 텅 빈 본적과
심장을 끝없이 담금질하는 세 치 혓바닥과
묻지 말아야 할 대답의 끝없는 기갈과
메마른 우기(雨氣)의 이마와
목젖을 가린 채 귓불을 후려갈기는 바람의 앙다문
깃대여

*

어째서 나는 죽었고 죽었음에도 죽음은 계속되는가

감당할 수 없는 아름다움을 질시해버려서 오늘은 발등이
검푸르다

*

담배연기에 스미는 새벽의 궁기(窮氣)가 시리다
아, '궁디'가 시리다

*

—Jang De Parr is Real
—沃 is OK

*

부서진 시계탑과 칼자루와 머리카락이 고르게 다져진 땅
위에
그대가 서 있다 한국

(한국말로)
—장 드 파, 음악을 사보타주하고 나면 오들오들 떠는 맑
은 손톱만 남을까?
—아니, 술잔을 사보타주하고 나면 그대와 담배연기와 음
악과 혁명 전야가 남겠지

*

소금을 다오 그대를 삼투하는 가시가 될 테다 칼을 다오
찌르고 훑고 터뜨리고 훑아내고 망가뜨리고 끝끝내 망가져
엉망진창의 가시울에 살아남은 덤불이 되어 숲을 기루어 막
아서는 너무나 맑은 노래에 취해버린 발바닥이며 그래, 제
눈알을 찌른 자의 바늘이 벽에 기둥에 기타에 꽂혀 말라 오
그라들어 단단한 씨앗이 되어 완벽에 이르도록 도사리는 맑

132

고 붉고 푸른 스스로의 비등점을 향해 달리는 눈발을 그 모든 알리바이에 깃든 날카로운 결정(結晶)을……

  장 드 파, 나는 적당한 공기와 온도와 지질의 변화가 스스로를 바꾸어줄 순간만을 기다리며 창틀 너머로 시든 이파리를 떨치는 식물과도 같이, 적당한 담배연기와 주정(酒精)과 노래의 변주가 스스로를 바꾸어줄 순간만을 기다리며 쇠잔한 팔을 꺾는 꾼과도 같이

*

  나부낀다, 나부끼네, 나부낀다오
  바람이 분다, 바람이 부네, 바람이 분다오
  어째서 나는 살아 있고 살아 있음에도 삶은 계속되는가

*

  ─장 드 파, 음악이 멈추었군요
  ─이 밀지(密旨)를 처리하게

Don't give up
Ama
— 그건 브레이크지
& 문득히 앉았다

　—장 드 파, 이 사발통문에는 '오독'이 묻어나는 것만 같
군요
　—이물스러운 출렁임이라고 해두지. 음악 곁엔 자폭을 위
한 앰플이 함께한다네. 길 위에서는 걷는 발바닥이 살아남
는다는 것과 같은 이치라네. 그나저나 이 낙타는 새벽이 되
도록 쉴 생각이 없는 것 같구만

　　　　　　　　　　　*

　—장 드 파, 빙산 아래서 외뿔고래가 울부짖는 소리가 들
리네요
　—그건 자네의 잔이 비었기 때문이라네 沃, 좀더 달려보게

　　　　　　　　　　　*

　달그락달그락, 혁명 전야를 향해 달리는 사마르칸트 기
병대

알타이, 알타이 눈은 내리고
우랄, 우랄 눈은 내려 쌓이고
파미르, 파미르 눈은 퍼부어도

달그락달그락,
이제 다만 고요히 도사릴 시간
말발굽경(經)을 들추어 교리문답을 음송해야 할 시간

—오마르
—카이얌, 카이얌

—오마르, 오마르
—카이얌

가장 긴 밤의 오후는 저무네.

* 이탤릭체 부분은 오마르 카이얌의 「루바이야트」에서 가져왔다. 오마
르 부르면 카이얌, 카이얌 하고 가장 긴 밤의 오후의 눈발이 달리는 소
리가 들려온다.
—오마르
—카이얌, 카이얌

너는 네가 먹는 그것이며 네가 먹을 그것이며 다시는 먹지 않을 그것이다
―밀로라드 파비치에게

이야기는 17세기 오를레앙에서 시작된다. 바브르아르누家는 일단의 정치 공세에서 일족을 잃었다. 영지는 왕가에 몰수당했고 남은 땅뙈기마저 신흥 상공업자들에게 팔아먹어 재물을 탕진했다. 남은 것이라고는 아흔아홉 칸 방. 그리고 하녀 메리. 후작은 마지막 바브르아르누라 불렸다. 마지막 바브르아르누는 지하 서고에서 나오지 않았다. 구이만데타의 『마파탐줄리, 자전거 경주에서 아흔아홉번째 트랙의 톱니바퀴를 피하는 법』과 같은 오락 또는 여가를 위한 친절한 안내서나, 킴 프리실라 베벤토이브머의 『미치고 보니 삶은 더욱 아름다워, 젠장 미치지 않고서야』와 같은 괴기, 광란, 미혹의 수기 따위의 독서 목록을 꼼꼼히 기록하는 사이, 마지막 바브르아르누의 동공은 점점 하얗게 탈색되었다. 오를레앙인들은 잔혹한 운명이 심장을 정면으로 관통한 자의 눈알에는 먼지가 쌓여 굳어 유리가 되어간다고 믿었다. 마지막 바브르아르누의 경우가 그러했다. 어둠 속에서 마지막 바브르아르누는 왼손으로는 책장을 넘기고 오른손으로는 양피지에 글을 적는다. 한쪽 눈알로는 적힌 글씨를 판독하고 한쪽 눈알로는 적히는 글자들의 흐름을 관망하는 것이다. 4세기가 지나 『바브르아르누家의 마지막 문장』이라고 불리게 될 책은 이렇게 태어난다.

성은 긴 회랑을 중앙에 두고 좌측으로 마흔아홉 개의 방

우측으로 또 마흔아홉 개의 방을 두고 있다. 정중앙 복판에서 회랑의 홀을 올려다보면 먼지가 실타래처럼 늘어진 샹들리에가 있고, 그 위엔 작은 종루가 있다. 종루에는 종이 없고, 메리의 방이 있다. 당시 바브르아르누 후작 부인은 구름증후군을 앓고 있었다고 전한다. 부인은 검고 긴 머리칼을 가지고 있었다. 일족이 권세의 정점을 달리던 시절, 그 머리칼은 '바브르아르누의 바람'이라 불리었다. 바브르아르누의 바람은 미혹의 향을 몰고 다니는데, 후작 부인이 가만 앉아 포크를 놀릴 때 미혹은 성 전역을 휘감았고, 식사를 마치고 의자에서 일어나 티테이블로 걸어갈 때는 오를레앙 전체를, 마차에 올라 왕궁을 향할 때는 유럽 전체를 데웠다. 아마 그녀가 절벽에서 떨어져 죽는다면 온 우주가 빠른 속도로 미혹의 향에 감염이 되었을 거란 기록이 남아 있을 정도다. 아무튼 그만큼 후작 부인은 독특하다고 할 수밖에 없는 매혹을 갖고 있었고, 그만큼 후작 부인은 거울 앞에 서 있기를 좋아했다. 그러나 바브르아르누 후작이 마지막 바브르아르누로 전락하는 순간 성의 모든 거울은 공작의 깃으로 가려졌다. 후작 부인은 공작 깃의 화려한 색과 무늬 사이로 언뜻 비치는 자신의 모습이나마 바브르아르누의 바람을 되살려줄 것이라는 '미혹'에 갇힌다.

(* 뱅상 베네부, 『구름증후군, 바브르아르누의 바람』, 1887 참조.)

후작 부인은 머리빗, 향수, 깃털 장식, 비로드, 야회복, 연미복, 가죽 구두, 사파이어…… 따위의 장신구에 더이상 관심을 두지 않았다. 그러는 사이에도 머리빗, 향수, 깃털 장식, 비로드, 야회복, 연미복, 가죽 구두, 사파이어…… 따위는 야금야금 줄어들었다. 메리는 부지런했지만 탐욕이 많았다. 달이 비치는 밤이면 후작 부인의 파티 드레스를 입어버릇했다. 머리를 한껏 부풀려 올리고 진한 향수를 뿌리고 거울 앞에 서보는 것이다. 메리는 긴 총채로 밤마다 후작 부인 몰래 수많은 거울들을 닦는다. 바람이 지나간다, 바람이 지나간다, 주문을 외며, 메리가 총채를 휘두를 때마다 오를레앙의 아이들은 깨어나 영문 없이 울어댔다. 바브르아르누家의 마지막 하녀는 이렇게 바브르아르누家에서 마지막으로 최후까지 반짝일 수 있는 무언가를 남모르게 기루어온 것이다. 후작 부인은 메리의 탐욕과 신경증을 자못 대견하게 여겼다. 밤이면 지하 서고를 열고 마지막 바브르아르누의 어깨너머로 양손이 부지런히 움직이는 모습을 보고 홀로 돌아섰다가 후작 부인은, 서고 문 앞에서 얇은 유리 등피로 음부를 문지르고 돌계단을 거슬러 올라 후작 부인은, 자신의 벗은 몸을 거울 앞에 비추며 운다. 거울을 가린 공작 깃은 하루에 하나씩 사라졌고, 어느 하루 새벽이건, 성에는 환하게 빛나는 거울이 하나씩은 존재했다. 거울은 거대해 '바브르아르누의 문'이라 불렸다. 오를레앙의 변경에서조차 하루마다 위치를 바꿔가며 빛나는 바브르아르누의 문을 볼 수 있었다. 칠흑 속에서 왕도(王都)를 찾아 떠나는 이들은 바브르아르누의 문을 등대 삼아 길을 재촉했다.

마지막 바브르아르누는 마침내 『바브르아르누家의 마지막 문장』을 탈고하고 지하 서고 밖으로 나왔다. 마지막 바브르아르누의 눈동자는 수은처럼 하얗게 타올랐다. 왼손 손가락마다 지문이 사라지고 없었다. 푸른 손톱이 가시 덤불처럼 길어나 뒤엉켜 땅에 끌렸다. 오른손의 손 뭉치는 거의 뭉개진 지경에 이르렀다. 마지막 바브르아르누는 마지막 바브르아르누답게 마지막 식사를 요구했다. 수프, 양고기, 약간의 채소, 향신료라고는 달랑 후추 그것이 전부였다. 마지막 바브르아르누는 식사를 마치고 『바브르아르누家의 마지막 문장』을 베고 누워 죽었다. 순간 죽은 자의 머리카락이 산 자의 미혹의 속도로 자라나 죽은 몸뚱어리를 싸매더 하얀 고치로 커갔다. 그날, 다음날, 그 다음날도 후작 부인은 열린 지하 서고 문 앞에서 얇은 유리 등피로 음부를 문질렀다. 문지르며 계단을 기어올랐다. 오르며 땀과 체액으로 뒤범벅이 된 매끈한 몸을 거울에 비추었다. 그리고 바트르아르누의 문을 가린 공작 깃털을 뜯어 밖으로 내던지면, 바브르아르누의 무지개. 마지막 바브르아르누가 죽었다. 알 수 없는 문장 속에서 알 수 없는 몰골이 되어 흰 머리칼로 제 몸을 단단히 여민 채 하얀 고치가 되어 머리털 관이 되어 식탁에 놓였다. 바브르아르누 후작 부인은 메리를 불렀다. 회랑을 따라 메리, 메리, 메리…… 길게 울려퍼졌다. 순간 거울 속에서 피 칠갑을 한 바브르아르누의 얼굴이 떠왔다. 순간 바브르아르누 후작 부인은 거울 속으로 와락 뛰어들었고, 양수와 태반을 뒤집어쓴 아이가 거울 밖으로 쑥 튀어나왔다. 바브르아르누의 문이 일제히 무너져 깨진 것은 바로 그때였다. 샹들리에는 떨어졌고, 메리는 회랑을 거슬러 달려와 아이를 안았다. 아이의 얼굴엔 붉은 핏줄 자국(마치 화상 흉터 같았다)이 이마에서 동공을 지나 턱으로 내리뻗어 있었다.

『바브르아르누家의 마지막 문장』은 태어났다.

구렁이는 과연 자기 꼬리를 찾을 수 있을까?

강정(시인)

1

식물의 고유한 삶은
뿌리 속에 감추어져 보이지 않는다.
　　　　　　　　　—C. G. 융

　시인의 말과 목차를 지나 첫 페이지를 열면 김두수의 노랫말이 나온다. "말하지 마라. 가슴으로 느낄 뿐". 해설자의 '본분'을 지켜 김두수가 누구인지 알려야 할지 말아야 할지 잠깐 고민한다. 간단히 말해 그는 가수다. 그러나 예나 지금이나 티브이나 라디오에서는 노래를 듣기 힘든 이른바 '은둔 가수'다. 노랫말이나 음조에서 드러나는 그는 명상가의 성향을 지녔다. 나는 김두수의 노래를 고등학생 때 처음 듣고 좋아한 적 있다. 레너드 코헨이나 밥 딜런을 연상하면 그의 음악 스타일이 조금 파악될지 모른다. 거기에 라즈니쉬나 크리슈나무르티를 얹으면 대강의 오라(aura)가 떠오를 것이다.
　신동옥은 음악에 상당한 조예가 있다. 첫 시집에서 그는 '악공'이라 자처했다. 그는 노래 실력도 제법 뛰어나다. 노래 부를 때 그는 안치환이나 유투(U2)의 보노(Bono)를 연상케 하는, 목울대와 쇄골 사이를 걸레 짜듯 비틀어야만 소리의 음영이 생기는, 다소 먹먹한 느낌의 흉성을 주로 사용

한다. 때론 너무 진지하거나 너무 절절해서 공연히 마음이 지러지는 탓에 작은 체구로 악을 써대는 그를 가만히 들어 쓰레기통에 고이 담아 잠재우고 싶은 충동을 느낀 적이 몇 번 있다. 왜 하필 쓰레기통이냐고? 시인에게는 미안한 얘기지만, 그 순간 그가 편하게 쉴 수 있는 곳이 쓰레기통밖에 없겠다는 생각이 들었던 탓이다. 그 어떤 번번하고 깔끔하고 정돈된 자리에서라면 그의 격렬한 통증과 깊이 모를 슬픔이 그를 더더욱 외롭고 처연한 상태로 내몰 것 같았기 때문이다. 쓰레기통이란 아시다시피 쓸모없어진 것들을 한데 모아놓은 크거나 작은 박스를 말한다. 그것은 세상 어디에나 존재하지만, 누구도 공들여 살피거나 예쁘게 꾸미지 않는다. 그래서 가끔 골똘히 들여다보게 되면, 잊고 있던 슬픔 같은 게 처밀고 올라와 견디기 힘든 영혼의 구취를 몰그 올 때가 있다. 신동옥을 쓰레기통에 누이게 된다면 나도 다마 그 비슷한 자리에 드러누워 깊은 숨을 내쉴지 모른다. 말이 좀 심한가. 어쩌면 더 심한 말이 나올지도 모르겠다.

어떤 류의 진지함은 극단을 뒤집어 보이며 스스로를 대상화한다. 시인의 자아엔 서로의 등과 얼굴을 번갈아 교차시키며 영혼의 나선을 빙글빙글 회전케 하는, 무미한 반복놀이에 빠진 네 살배기의 잔혹이 있다. 이 시집은 그 천둥벌거숭이가 스스로의 모태에 손을 집어넣어 끄집어 올린 "땅속으로 뻗어가는/ 질긴 핏줄"(「브론테의 계절」)의 향연이다. 그러니 들여다보기 전에 "말하지 마라, 가슴으로 느낄 뿐"

이라는 경구는 적절한 경고다. 자의든 타의든, 그리고 실재든 픽션이든, 상처와 미망으로 범벅된 타인의 가계(家系)를 엿본다는 건 그 자체로 치명적인 고통이 될 수도 있으니까. 그럼에도 고통은 늘 매혹과 미혹에서 발현하고 조장된다. 기꺼이 미혹의 미로에서 길을 잃고 싶은 자, 누군가의 상처에 키스를 퍼붓는 악마의 심정으로 입 다물고 가슴을 열고 심장을 단단하게 조인 채 춤출 준비. 시작은 왈츠.

　　　어느 죽은 자의 머리카락이 너를 친친
　　　어느 죽은 자의 머리카락이 너를 하늘 너머로 실어갔다

　　　(중략)

　　　증오, 내게로

　　　몸부림마다 묻어둔 내밀한 문법이여
　　　여태 우릴 이력한 눈먼 믿음의 무릎이여

　　　곡은 무용곡—모든 음악은 무용곡이다
　　　—「왈츠」부분

　왈츠는 남녀 파트너가 비밀스러운 대화를 나누거나 유혹의 첫 단추를 푸는 데에 적절한 춤곡이다. 그러면서 동시에 이별과 상실의 슬픔에 감응하고 또 그것을 위무하는 데에도 맞춤한 음조를 지녔다. (신데렐라가 구두를 잃어버리기 전에 추었던 춤도 왈츠였을 것이다.) 그 풍만하고 부드러운 회전은, 그러나 모든 회전이 그러하듯, 깊어지고 길어질수록 최초와는 다른 방향으로 전개된다. 춤은 처음에 다른 이들에겐 결코 전달되지 않을 그들만의 비밀스러운 교감의 띠를 두르고 한 박자 두 박자 스텝을 밟으며 시작된다. 하지만 지나친 친밀과 탐색은 응당 긴장이 유지되어져야 마땅할 유혹과 신비의 가교 아래를 내려다보게 만든다. 이를테면 아름다운 꽃[1]의 뿌리를 찾다가 불현듯 봐버린 땅속의 깊은 어둠 같은 것. 그것은 "비밀한 삶을 식재(植栽)"(「이복(異腹)」)한 영혼의 원형적 구령[2]이다. 거기에 발 디디는 순간 창졸간에 조명이 꺼지고 "몸부림마다 묻어둔 내밀한 문법"으로 서로를 들춰내면서 "눈먼 믿음의 무릎"에 통증이 사무치게 된다. "머뭇머뭇 다가서며 스멀스멀 서로를 말미암는 악다구니"(「왈

---

1) 왈츠 퍼레이드를 높은 데서 조망하면 꽃들의 개화가 연상된다. 개인적으로 왈츠가 슬프게 들리는 이유는 바로 그 탓이다. 생명의 약동을 보면서 망연히 눈물 흘리는 봄 처녀의 심정. 신동옥의 시는 바로 그러한 눈물의 근액(筋液)이자 근액(根液)으로 번지고 얼룩진다.
2) 이 글에서 '구덩이'를 뜻하는 '구령'과 뱀의 일족인 구렁이는 종종 음운적으로나 의미적으로 겹치게 될 것이다. 그건 자의라기보다 우연에 가깝지만, 말이 파놓은 구덩이엔 곧잘 말의 홑씨들이 제멋대로 슬어놓는 혼몽의 알들이 뒤섞이기 마련 아니던가.

츠」)의 지옥도. 교합을 도모하며 시작되었던 춤은 이제 "죽은 자의 머리카락"이 서로를 "친친"[3] 감고 "하늘 너머"로 실어가는 "증오", 또는 원한의 양식이 된다. 그런데 기가 막힌 건 그러한 반전과 전락의 과정에 모종의 예외 변수나 착종이 드러나 보이지 않는다는 사실이다. 요컨대 만남 자체가 이미 파국을 내정한 상태에서 파국의 인과는 순간의 공황을 겪고 난 연후 당연한 법칙인 양 뒤늦게, 끔찍할 정도로 질서정연하게 명료해진다는 것이다. 그렇다면, 어차피 "모든 음악"이 "무용곡"이라면, "내게로"부터 촉발되어 다시 "내게로" 휘감아 도는 이 "증오"의 원리는 음악이, 그리고 춤이 가지고 있는 고유한 형식의 발현 양상 아니겠는가. 음악은 애초부터 "이불을 머리끝까지 뒤집어쓰고 빛의 내장을 관람"하며 "세포 속에서부터 자라온 악몽"(「동복(同腹)」)을 현실에서 탄주하는 양식인지도 모른다. 그래서였을까. 신동옥이 노래 부르는 모습을 보면서 혹종의 망실감이 느

---

3) '든든하게 바투 감거나 동여매는 모양'을 뜻하는 이 부사는 시 제목으로도 쓰였다. 그런데 「친친」이라는 제목은 어쩌면 '친할 친(親)' 자의 음운 병렬에서 나온 발상일 수도 있다. 친밀함의 과잉은 때로 사람을 속곳까지 옭아매는 지옥으로 이끈다. "이 무지와 이 호기심과 이 미명 앞에 당신과 친친과 친친이 가진 유일한 비참 속에서 당신만의 그 모든 진창 속에서 나를 식별하"(「친친」)려는 그에게 "꾹꾹 눌러 재워도 샘솟는 이 근친상간의 친밀감"(「회기(回期)」)을 도발하는 건 다름 아닌 떼어내버리고 싶은 근친 그 자체다. 이 시집에서 도저한 근친에의 탐닉은 뿌리를 잘라내려는 욕망이 스스로를 잡아먹는 형국으로 전개된다.

껴졌던 까닭은?

　다시 김두수의 노랫말로 돌아가보자. 대개 책 서두의 에피
그램으로 쓰이는 경구는 독자에게 전하는 암시로 읽히기도
하지만, 글쓴이 스스로 자신의 생각이나 말의 항로에 빛을
던지는 자그마한 지시등 기능을 할 때가 많다. 도저히 방향
을 알 수 없는 길 앞에서 어떠한 확신 없이 머뭇거리며 손바
닥에 침을 튀겨 임의로 첫걸음을 정하는 경우일 수도 있는
것이다. 그랬을 때 신동옥은 "가슴으로 느"끼지 곳하는 자
신의 상태에 대한 모종의 갑갑증을 토로한 것일 수도 있다.
적어도 나는 그렇게 읽었다. 시인은 읽는 이에게 '제발 가슴
으로 느껴라'라고 호소함으로써 자신의 언어가 발원하는 지
점에 도사리고 있는 지극한 언어도단의 상태에 대해 스스로
입 닫고 달아나려 한다. 그렇게 "찢긴 나의 윤무에 끼어들어
너 자신을 발명하"(「친친」)지 않으면 이 모든 허망한 언어
의 수작들이 스스로를 옭아매는 썩은 나뭇등걸로 자라 숨통
을 죄어오기라도 하는 듯. 그러니 어쩌겠는가. "가죽도 이빨
도 뿔도 꼬리도 없는 몸으로 기는 법을 배"(「간빙기」)워야
하는 이 태초와 묵시의 '외경(外經)' 속에서 머릿속 상념들
을 비운 채 가슴에서부터 끓어오르는 시뻘겋고 시커먼 정념
을 일단 내뱉고 보는 수밖에. 그러고 나면 때로 마음의 뿌리
가 뽑혀 나와 텅 빈 가슴으로 바람이 드나드는 걸 느낄 수도
있다. 그 바람 속에서 침묵이 더 많은 말을 하기 시작한다.
마음속 울혈과 불행한 침묵은 윗방 아랫방 동서지간에 가깝

다. 그들이 합방해 피와 땀을 섞을 때, 지하에 숨어 원한(怨恨)의 똬리를 틀던 구렁이의 이동 궤적이 허방에 뜬다. 시인은 그 무늬에 자신의 이력을 덧대어 재생, 또는 재구성한다. 이 시집은 동족의 머리를 제 꼬리인 양 잘못 삼킨 우로보로스(Uroboros)의 일탈기이다. 뱀은 과연 자신의 원환(圓環)을 완성할 수 있을까.

2

> 지금까지 죽은 사람들과의 비율로 따져본다면
> 귀신은 현재 인구보다 30배가 많습니다.
> ──아더 C. 클라크

다시 왈츠의 파국 원리를 빗대 말해보자. 최초 어떤 염원이나 토로의 방식으로 뱉어진 말의 포자는 어느 순간 겉으로 드러난 생각과 감정 이전을 들춰내 자신만의(또는 자신조차 몰랐던) 비밀스러운 욕구들을 외통수로 막힌 세상의 담벼락에 노골적으로 새겨버린다. 그렇게 씌어진 시들은 이 세계와 한시적으로 결별한 상태로 끊임없이, 바닥부터 내통한다. 허공의 보이지 않는 다리에서 상하체가 나뉜 채 오랫동안 떠 있는 사람의 형상. 그리고 바닥에서 증폭되는 그

사람의 그림자. 그 위에 뒤섞이는, 경계를 흐물흐물 지우고 지상으로 번져 오르는 땅 밑 어둠의 눅눅하고 불길한 홀씨들. 그것을 쳐다봐야 하는 건 고통스러운 일이다. 그렇게 읽히는 시는 무섭고 괴로운 신음이자, 늘 배후를 떠돌지만 눈 마주쳐 바라보기 저어되던 괴이한 이승의 축도('繪圖'도 맞고 '축생들의 삶'을 뜻하는 '畜道'도 틀리지 않다)로 펼쳐진다. 고백건대 나는 여러 번 이 원고를 찢고 싶었다. 힘들어 작파하겠단 뜻이 아니라 어떤 파괴적인 제스처에의 충동 속에서 몸이 뜨거워졌다는 소리다. 도저한 강렬도로 공명하는 시들이 대개 그렇듯, 그리고 저주와 자멸의 괴성으로 울림통을 적시는 소리가 또 그렇듯, 현실의 표면까지 물들이는 혼몽의 흔적들은 사람을 미치게 하는 속성을 지녔다. 거기엔 "한몸이 되어 고운 가루가 되어 서로의 땀구멍에 스미는 것"(「간빙기」) 같은 농밀한 뒤엉킴이 있다. 무시로 "친친" 감기면서 "내밀해서 점점 달콤해져만 가는"(「도감에 없는 벌레」) '뜨겁고 축축한 한기(寒氣)'의 사방연속무늬. 이 지난한 습생(濕生)의 원시림에서 어떻게 빠져나갈까, 또는 어떻게 더 참혹하게 뒤엉킬까 고민하는 것만으로도 내 몸은 대서(大暑)의 수은주 눈금 이상으로 후끈한 땀을 흘려야 했다. 그럼에도 도망은 불가능한 일이었다. "가슴으로 느"끼는 건 오래오래 헐벗는 일이다. 그러면서 그 헐벗음으로 진정한 자기 자신이 되는 일이다. 흠뻑 젖은 채로 해를 두려워하는 양치식물처럼 꾸물꾸물 이 세계에서 벗어나기 힘들다는 자각이 느껴질 때, 유일한 탈출구는 온몸으로 그 안에 젖어드는 것이다. 젖어들어 스스로 더 짙은 그늘이 되어 육즙으로 녹아내린 몸을 누이는 것이다. 그러기 위해선 마지막을 처음인 양 뒤를, 전체를 돌아봐야 한다. 그리하여 "깨지 않아도 좋을 꿈속에 오랜 안부를 묻어"(「몰일(沒日)」)둔 채 모든 것을 잊어버려야 한다. "건너도/ 울지 마라/ 너는, 울지 마라"(「이슬점」)라고 되뇌면서 더 큰 울음 속으로 뛰어들어야 하는 것이다.

깨지 않아도 좋을 꿈속에 오랜 안부를 묻어둘 수도 있지, 몰일에는 뱀들이 겨울 밤밭에 毒을 묻어두고 긴 잠에 들겠지, 창문을 온통 열고 대문을 나서 돌계단 끝 참에 앉아 무릎을 번갈아 대롱거리다보면 닳고 시린 아리디아린 시선 속으로 숨어들 수도 있지. 끝없는 안부와 익숙한 실없는 인사들, 몰일에는 다디단 설태(舌苔)와 같은 눈밭에 수다한 죄를 묻고 서로의 몸을 뒤져 어딘가 있을 지우개를 꺼내 들고, 의지 없는 열정으로 지우고픈 惡 하나 찾지 못하고

(중략)

식물은 문자 눈은 내려 쌓여 식물은 얼고

식물은 죽고 얼음 속에 잎사귀는 뼈가 되도록
　―「몰일(沒日)」부분

　우리가 아무리 거대한 무언가를 세울지라도 지상에 커
다란 구덩이부터 만들어야 한다는 것, 뿌리를 박고 기둥
을 세우고 지반을 다지는 것도 아닌 구덩이, 그곳엔 우리
의 피와 잡념이 묻히고 언젠가 광장이 된다는 것
　―「위경(僞經)」부분

　삶이란 어쩌면 "깨지 않아도 좋을 꿈속에 오랜 안부를 묻"
고 "의지 없는 열정으로 지우고픈 惡 하나" 발견해내는 일
일 수도 있다. 가령, "우리의 피와 잡념이 묻히"는 "커다란
구덩이" 속에 스스로를 파묻은 채 지상으로 피어오르지 못
한 끝없는 환몽의 뿌리를 더듬거리는 것이 삶의 진짜 내용
이라 믿는 자들에겐. 그들에게 "이 삶은 가설"(「발라드」)
에 불과하다. 그렇다 해서 삶의 필연적 무게와 양감이 옅어
지는 건 아니다. 땅 밑을 들여다본 자에게 태양은 더 따갑
고 뜨겁게 벌거벗은 현세의 능욕이 된다. 더욱이 지하에서
올려다본 지상의 그늘은 뚜렷한 음영으로 분간되지도 않는
다. 그늘 아래에선 빛도 어둠도 순전한 착각이자 오류일 뿐
이다. 그곳엔 오로지 "추악하고 처연하기에 처참한 (네) 극
단"(「엉겅퀴」)이 저세상의 요령(搖鈴)인 듯 이 세상의 뿌리

를 오지게 움켜쥔 채 뒤흔들고 있을 뿐이다. 그곳에서 "나는 죽었고 죽었음에도 죽음은 계속"(「혁명 전야를 향해 달리는 사마르칸트 기병대의 밀지」)된다. 그런데 그 "죽음"은 삶을 망실한 자의 종착지가 아니다. 그 "죽음"은 어떤 고착된 물리 상태라기보다 삶의 본원적 원리와 불구성을 끝없이 되뇌는 자가 "가설의 폐자재 더미 위"(「발라드」)에서 스스로에게 부리는 집착과 미망의 주술이자 삶이 필연적으로 매달고 다니는 저승의 그림자에 가깝다. "죽음"은 끝없이 이동한다. 시인은 말한다. "죽는다는 건 호소(湖沼)와 한몸이 되는 것이거나, 한몸이 되어 고운 가루가 되어 서로의 땀구멍에 스미는 것. 가죽도 이빨도 뿔도 꼬리도 없는 몸으로 기는 법을 배우는 것"(「간빙기」)이라고. "죽음"은 그리하여 살아 있는 육신이 매순간 우주의 리듬을 붙안으려고 "태반을 뚝뚝 들으며 뛰"(「에밀」)노는 지난한 "무용"이 된다. 울음이 터지려는 걸 온몸으로 거두어 "이 삶은 저지르자"(「포역(暴逆)의 무리어, 번개의 섭리를 알고 있다」)고 미혹하는 "커다란 구덩이" 속 제 꼬리를 잃어버린 '커다란 구렁이'의 속삭임. 어찌된 영문일까. 이 시집을 읽으며 나는 자꾸 침대맡의 미망으로 이승을 이간질하는 뱀에게 이끌렸고, 그러는 스스로에게 진저리칠 수밖에 없었다. 나의 꼬리가 정말 그(는 누구?)의 머리가 된 걸까. 그의 머리를 물고 다시 들어갈 수 없는 원시의 "정지문 대청"(「에밀」) 앞에서 몰매라도 맞아 죽으려고? "내 사랑은 아무것도 저지르지 않았다"(「포역(暴

152

逆)의 무리여, 번개의 섭리를 알고 있다」) 뇌까리며 삶의 또
다른 '가설' 속에서 애초에 없었던 '죽음'의 수액을 빨아 마
시려고? 아무튼, 모든 시는 어쨌거나 읽는 자의 몫이다. 동
시에, 모든 시는 쓴 자의 기밀이자 묵비권이다. 그렇기 때문
에 모든 시는 허방에서 허랑하고 지상에서 무상하다. 영혼
에서 풍성하고 물리에서 허망하다. 그리하여 영육을 통째로
아울러 죽음의 밀령(密令)으로 작동한다. 이 세계는 인간의
밀담으로 해소되지 않는 부당한 명령들의, 영원히 씌어지지
않는 묵시 체계인지 모른다. 그것은 다만 어떤 생물 또는 미
생물의 존속 양태로 암시되고 실천되면서 인간의 교묘한 이
성을 유린한다. 언어는 파탄나고 윤리와 도덕은 그 자체가
허물이 되어 "뱀들이 겨울 밤밭에 毒을 묻"(「몰일(沒日)」)
는 걸 방임한다. 그러니 어쩌겠는가. 어미의 죽음 앞에서도
천방지축으로 뛰놀아야 하는 망나니의 심정으로 뱀의 목을
치며, 다시 왈츠. 뱀의 잘린 목에서 수천 배 증식하는 다른
뱀의 모가지들을 따라 다시, 빠바빰 바바빰.

3

인간은 죽음 이후에서야 이생을 억좆 반추한다.
　　　　　　　　　　　　　　　　—「위경(僞經)」 부분

153

춤은 늘 제자리로 돌아온다. 교합은 시작되는 순간, 분리에의 동작으로 이전된다. 이후, 모든 동작은 서로를 떼어놓기 위한 악랄한(그리하여 치밀하고 원색적인) '해방에의 자기 순교'가 된다. 포옹은 머나먼 다리의 시발이 되어 찢어지고, 상대의 혀를 깨물지 못한 키스는 제 심장을 짓씹으며 칼이 된다. '친친'의 노역은 족쇄의 사슬로 음경을 쥐어뜯으며 그 처절한 피흘림으로 다시 '동복'의 사타구니를 찾아 핏줄의 감도(感度)를 높인다. 그렇게 '동복'은 '이복'이 되고 이역만리 생면부지의 '이복'이 어느 날 문득 내 핏줄을 배태한다. 이것은 누구의 유별난 가계도 어느 괴이한 별종의 편벽스러운 난봉 행각도 아니다. 우주의 모든 원리란 원리를 다 들춰보면 파악되기 마련인 생물과 미생물의 순연한 얼개일 뿐이다. 그런 의미에서 인간 욕망에 대한 모든 서술들은 그 자체가 자의적 첨삭으로 가공된 '외경'이라 해도 과언 아니다. 그것을 일러 '친친의 감옥'이라 일컫는다면, 또는 불가(佛家)식으로 '허망한 인연의 숲'이라 이른다면, 당신은 그 숲에서 길을 잃겠는가 눈이 멀 텐가 아니면, 스스로 길이 되어 궁극의 나무로 자랄 텐가.

나의 마당에 자라는 수피 여자야, 솟구치는 몸뚱이를 감싸고 떨어지는 물줄기는 무례해서 서글프고 수피 여기저

154

기에 색색이 생장점은 실눈을 뜨고 실눈을 뜬 물관 속에 나는 마치 수은에 잠긴 것만 같아서 너를 안으면 숨이 멎는다 그래 입술을 마주 대면 깊은 물속에서도 숨 쉴 수 있을 것만 같아서, 여자야 너와 오래도록 도사리며 식물이 되어가는 내 자취를 좇아 네 남은 수피의 연혁들 버릴 수 있겠니? 천둥과 우레 속에 꺾여 넘어지는 비명으로 나의 마당에 엎디는 나의 길을 가로막아줄 수 있겠니? 숨죽이며, 나를 앗아다오 그래 내가 사라지면 내 앗김은 고롱고롱 물이 되어 네게 흐르고 비로소 우리는 울울창창할 테다
　　—「수피 여자」 부분

식물의 시작은 씨 한 알이다. 거칠게 소급하면 이 세계 전부가 '한 알의 밀알'에서 시작되었다. 하나의 삶은 최초 한 알의 끝없는 복제와 반복으로 증식과 궤멸의 원환을 확장한다. "꾹꾹 눌러 재워도 샘솟는 이 근친상간의 친밀감"은 그러므로 "누구"의 특별한 "피"(「몰일(沒日)」)가 아닌, 출세간의 경계를 넘본 자만이 처절하고 악랄하게 탐닉할 수밖에 없는 끈끈한 본능의 발로일 수 있다. 그런 자에게 삶은 스스로 금기가 된다. 목을 옥죌수록 해서는 안 될 말이 터져 나오려 하고, 출구가 막힌 울분이 갉아먹는 인간의 심장은 해를 피해 땅 밑을 탐침하는, 거세당한 이의 하혈이 된다. 그래서일까. 여름내 동옥(東沃)의 시들과 시름하며 이상한 동

복(同腹) 증세로 배앓이를 했던 까닭은? 끝끝내 회피하며 다른 꽃으로 눈을 돌려 한여름의 눅눅한 왈츠 행렬에서 발을 떼려 했던 나는 비겁한 파문자인가, 겁쟁이 구경자인가. "내 앗김은 고롱고롱 물이 되어" 여전히 여름의 물때가 가시지 않은 지하 어두운 방에서 수년 동안 차오른 습기와 혼몽의 춤을 사방 벽마다 새기고 있다. 어디에서도 꽃은 자라지 않고 머리 없이 성기만 내민 또다른 '가설'의 삶들이 천계의 누각 위에서 제멋대로 춤춘다. 달을 지우고 해를 그려 보이면서 "땀과 체액으로 뒤범벅이 된 매끈한 몸을 거울에 비"(「너는 네가 먹는 그것이며 네가 먹을 그것이며 다시는 먹지 않을 그것이다」)춘다. 나는 정말 그 누군가에게 "네가 먹는 그것이며 네가 먹을 그것이며 다시는 먹지 않을 그것"인가. 현재를 비추기보다 어느 비밀한 일족의 숨은 오욕을 가리기 위해 걸리어 있는 저 거울 뒤는 얼마나 침울하고 거대한 모반의 사슬들로 "울울창창"할 것인가. 문득, 누가 칼을 들고 등 뒤에 서 있다. 나는 시를 다 읽었다. 그러나 나는 아무것도 시를 위해 말하지 않았다. 뱀들은 여전히 여느 타락의 성곽 안에서처럼 "울울창창" 난교중이다. 씌어진 것들은 모두 '가설'이고 '가상'이다. 씌어지게끔 살아지는 삶도 더 먼 억겁의 밀알들을 흉내 내는, 더 극한의 '환몽'이고 의도된 '미망'이다. 그래서 삶은 더 기구하고 척박한 '허구의 실재'가 된다. 칼을 들고 내 뒤를 염탐하는 자, 나는 그를 잘 안다. 그는 나의 오래된 '동복'이다. 거울 속에서는 나타

나지 않는, 그러나 여전히 벽 뒤의 어둠을 잘게 썰어 백지로 들이미는 자. 옥아, 나는 그에게 당했다. 너는 너의 잃어버린 머리를 찾아 더 쉽게 "울울창창"할 거니, 더 따뜻하게 적막할 거니? 조만간 달이 짙고 커진다. 인간은 누군가에게 평생 추수당하며 자신의 이름을 되뇌기 마련. 언저 닐 영이 나 같이 듣자. 새벽녘 노래방에서 쏟아낸 분기(憤氣)의 찌꺼기마저 쓸어 담는, 어느 쓰레기통 앞에서.

신동옥 1977년 전남 고흥에서 태어났다. 한양대학교 국어국문학과를 졸업했다. 2001년 『시와반시』 신인상 공모를 통해 시단에 나왔다. 시집으로 『악공, 아나키스트 기타』가 있다. 2010년 제5회 윤동주문학상 젊은작가상을 수상했다.

문학동네시인선 029

웃고 춤추고 여름하라

ⓒ 신동옥 2012

1판 1쇄 2012년 10월 29일
1판 3쇄 2021년 5월 10일

지은이 | 신동옥
책임편집 | 김필균
편집 | 김민정 강윤정 김형균
디자인 | 수류산방(樹流山房)
본문 디자인 | 유현아
마케팅 | 정민호 이숙재 우상욱 정경주
홍보 | 김희숙 김상만 함유지 김현지 이소정 이미희 박지원
제작 | 강신은 김동욱 임현식
제작처 | 영신사

펴낸곳 | (주)문학동네
펴낸이 | 염현숙
출판등록 | 1993년 10월 22일 제406-2003-000045호
주소 | 10881 경기도 파주시 회동길 210
전자우편 | editor@munhak.com
대표전화 | 031) 955-8888 팩스 | 031) 955-8855
문의전화 | 031) 955-3578(마케팅), 031) 955-2678(편집)
문학동네카페 | http://cafe.naver.com/mhdn
북클럽문학동네 | http://bookclubmunhak.com

ISBN 978-89-546-1941-7 03810

www.munhak.com

문학동네